Bernhard Diener

Entschuldigung, ist das ein Rüde?

Aus dem Leben eines Hunde-Onkels

I0563990

Bernhard Diener

Entschuldigung, ist das ein Rüde?

Aus dem Leben eines Hunde-Onkels

TWENTYSIX – Der Self-Publishing-Verlag
Eine Kooperation zwischen der Verlagsgruppe Random House
und Books on Demand

© 2019 Diener, Bernhard, Zweite Auflage
Herstellung und Verlag: BoD – Books on Demand, Norderstedt.
ISBN: 9783740750428

Ich verabscheue Menschen, die sich Hunde halten. Das sind Feiglinge, die nicht den Schneid haben, die Leute selbst zu beißen.

August Strindberg

Vorwort zur zweiten Auflage

Willkommen zur zweiten Auflage meines wunderbaren Büchleins „Entschuldigung, ist das ein Rüde?" Wenn ich es ganz genau nehme, handelt es sich sogar schon um die dritte Auflage. Denn von der ersten Auflage wurden nur zehn Exemplare gedruckt. Sie hatte einen anderen Titel, den ich aufgrund von urheberrechtlichen Bedenken ändern musste. Diese zehn Exemplare der ersten Auflage sind natürlich ein Schatz. Man kennt das ja von anderen berühmten Autoren aus der Geschichte der Weltliteratur. Sammler sind bereit, für so was Unsummen von Geld auf den Tisch zu legen. Daher kann es auch nur eine Frage der Zeit sein, bis mich diese erste Auflage zu einem schwerreichen Mann machen wird. Es wäre nur schön, wenn das bald geschehen könnte, denn, ganz ehrlich, mir läuft die Zeit davon. Man wird ja nicht jünger. Sollten Sie, lieber Leser, Interesse an einem Exemplar dieser ersten Auflage habe und ebenfalls an dem zukünftigen Reichtum partizipieren wollen, nehmen Sie über meine Facebook-Seite gerne Kontakt mit mir auf. (Aber ich sage Ihnen gleich: Billig wird das nicht…)

Gut, so viel dazu. Was ist nun an dieser Neuauflage anders?

Als erstes hat das Buch jetzt einen Untertitel: „Aus dem Leben eines Hunde-Onkels". Ich fand, dass ein Untertitel dringend nötig sei, damit der Leser besser einschätzen kann, was ihn erwartet. Hinter diesem Buch steht, ich will es an dieser Stelle schon einmal kurz erwähnen, ein Mann, der Zeit seines Lebens ein eher distanziertes und im besten Fall indolentes Verhältnis zum Tier im Allgemeinen und zum Hund im Besonderen hatte und der aufgrund einer Veränderung seiner Lebensumstände plötzlich mit einem Hund unter einem Dach lebte. Das fand er zunächst nur bedingt toll. Auch musste er erkennen, dass ein Hund exakt in gleicher Weise Einfluss auf das Leben eines Menschen hat wie ein Kind, das plötzlich da ist und nicht mehr weggeht: Er verändert alles! Und davon handelt dieses Buch: Es beschreibt in lockerer Tagebuchform die Entwicklung des Autors von einem Hundeabstinenzler zu einem Mann, der zwar noch immer gut ohne Hund zurechtkommt, der aber erfahren hat, dass so ein Hund durchaus auch eine Bereicherung des Lebens darstellen kann. Die Betonung liegt auf „kann". Hängt ganz vom Hund ab. Und vom Mann. Oder auch der Frau.

Ich habe lange darüber nachgedacht, wie man einen solchen Menschen nennen kann. „Hundefreund"? Das wäre übertrieben. „Hundesympathisant"? Nee, geht gar nicht. Ich habe mich also für „Hunde-Onkel" entschieden. „Onkel" ist laut allgemein anerkannter Definition eine männliche Familienbeziehung oder Verwandtschaft innerhalb einer erweiterten oder unmittelbaren Familie. Ein Onkel ist der Bruder, Halbbruder, Stiefbruder oder Schwager eines Elternteils oder der Ehemann einer Tante oder eines Onkels. Oder kurz: Onkel = Bruder der Mutter oder des Vaters. Nach dieser Definition bin ich natürlich kein „Hunde-Onkel", denn eine Verwandtschaft mit Artus und anderen Vertretern seiner Art kann ich definitiv ausschließen. Aber sonst passt´s. Also was die Art, die Tiefe, die Intensität, die Emotionalität und so weiter der Beziehung betrifft. Ich muss das sicher nicht näher erläutern. Sie wissen, was ich meine, wenn Sie selber einen Onkel haben oder einer sind. Oder Tante halt. Also ein weiblicher Onkel.

Die zweite wesentliche Veränderung dieser Neuauflage betrifft den Text. Er ist mehr geworden. Nicht viel mehr, keine Sorge! Das Buch ist, wie Sie sicher schon festgestellt haben, nach wie vor mit einer Hand bequem zu tragen. Ich habe lediglich ein paar Begebenheiten und Betrachtungen, die mir zwischenzeitlich eingefallen sind oder die seit der letzten Auflage auch einfach noch dazu gekommen sind, hinzugefügt.

Ansonsten ist natürlich das meiste gleich und unverändert geblieben. Vor allem die Tonalität des Textes. Das Buch ist noch genauso amüsant wie in der früheren Auflage (bzw. in den früheren Auflagen). Gut, es gab ein paar Leser, die sich bei mir beschwert hatten, weil sie das Buch überhaupt nicht lustig gefunden hätten. Aber solche Leute kann man nicht ernst nehmen. Es handelt sich um völlig humorbefreite sogenannte Hundefreunde, die keinen Sinn für feine Ironie und Satire haben und mit denen man nichts zu tun haben will. Klar, wer nur die üblichen Hundebücher lesen will, in denen zum Millionsten Mal beschrieben wird, wie süß und allerliebst doch wieder der kleine Wautzi ist und dass man sich nichts Schöneres vorstellen kann, als Tag und Nacht mit ihm zu kuscheln und zu spielen und dass der Hund sowieso der bessere Mensch sei, nun, für den ist dieses Buch sicher nicht das richtige. Man kann es halt nicht allen recht machen…

Wer dagegen mein Buch „Entschuldigung, ist das ein Rüde?" zu schätzen weiß und mit Genuss und Freude liest, der hat Humor und ist überdurchschnittlich intelligent, zudem steht er dem Leben grundsätzlich neugierig und positiv gegenüber und ist insgesamt ein total liebenswerter Mensch. Und natürlich hat er irgendeine Schnittstelle zum Thema Hund – entweder als „Herrchen" oder „Frauchen" oder als „Herrchen" oder „Frauchen" eines „Frauchens" oder „Herrchens" oder umgekehrt und bevor ich einen Knoten im Gehirn bekomme, höre ich lieber auf. Sie wissen, was ich meine. Aber dieses Buch ist auch für alle Menschen mit Gewinn zu lesen, die mit dem Thema Hund überhaupt (noch) nichts am Hut haben – weil es einfach lustig und gut geschrieben ist. Finde jedenfalls ich.

Übrigens: Auch der Hund meiner Frau, dem ich des öfteren zum besseren Einschlafen aus diesem Buch vorgelesen habe, ist von dem Buch begeistert. An vielen

Stellen hat er sich gekringelt vor Lachen. Damit ist nun auch der finale Beweis erbracht, dass Hunde Humor haben. Jedenfalls unser Hund. Muss er ja auch, wenn er mit mir unter einem Dach leben will.

Also nehmen Sie nicht alles, was in diesem Buch steht, so tierisch ernst. Machen Sie sich locker! Humor hat, wer über sich selber lachen kann.

In diesem Sinne: Viel Vergnügen!

Bernhard Diener

München, Januar 2019

Ach so, eins noch: Wenn ich hier von „Er" und „dem Leser" schreibe und nicht eigens auch immer die weibliche Form erwähne, dann nur aus Gründen der Lesefreundlichkeit. Es sind natürlich immer alle Geschlechter gemeint.

Einleitung

Ich mag Spinat mit Spiegelei. Lecker! Aber muss ich deshalb jeden Tag Spinat mit Spiegelei essen? Sehen Sie! Und mit Hunden geht es mir genauso.

Ich mag Hunde. Das war nicht immer so. Aber die Zeiten ändern sich. Heute finde ich Hunde sogar toll. Ich kann ihnen zum Beispiel stundenlang zusehen, wie sie auf einer Wiese herumtollen und miteinander spielen. Diese Lebensfreude! Diese unbändige Lust an der Bewegung. Wunderbar.

Aber wahr ist nun einmal auch: Ich mag Hunde nur auf Zeit und meistens auch nur von weitem. In meiner Nähe dagegen mag ich sie gar nicht. Sobald eines dieser vierbeinigen Wesen in meinen Schutzraum von etwa drei Metern eindringt, werde ich nervös und missgelaunt. Das mal vorab.

Insofern ist es natürlich eine Ironie des Schicksals, dass ausgerechnet ich nun schon seit zehn Jahren einen Hund habe. Genau gesagt ist es nicht mein Hund. Der Hund ist sozusagen „angeheiratet". Und das kam so.

Ich war damals ein zumeist gut gelaunter und mit seinem Leben im Großen und Ganzen zufriedener Single. Dennoch war ich durchaus offen für eine Beziehung, gerne auch für eine von Dauer. Allerdings hatte ich Ansprüche. Keine großen, es gab eigentlich nur zwei K.-O.-Kriterien. Erstens: Die neue Frau an meiner Seite durfte nicht rauchen. Und zweitens: Sie durfte keinen Hund haben. Nun, was soll ich sagen: Lilly rauchte wie ein Schlot und hatte natürlich einen Hund. Einen Kampfhund sogar, was die Sache nicht besser machte. Um der Wahrheit die Ehre zu geben, war Lillys Fifi nur zur Hälfte ein Kampfhund; die andere Hälfte fügte ein Labrador zu, was in der Addition einen völlig verfressenen und verschmusten Kampfhund ergab, wie ich später lernen durfte.

Tja, so ist das mit den Frauen und den Vorsätzen: Sie schmeißen einem alles über den Haufen. Gut, das Rauchen hat Lilly inzwischen aufgegeben, den Hund aber nicht.

Lilly heißt übrigens nicht wirklich Lilly, aber ich muss hier vorsichtig sein und alle beteiligten Personen unter Pseudonym handeln lassen (der wahre Name von Lilly ist mir aber bekannt.). Denn wir wollen nicht erkannt werden. Wir DÜRFEN sogar nicht erkannt werden. Das muss ich natürlich kurz erläutern. Wie man weiß, neigen viele Hundehalter zu völliger Humorlosigkeit und kompletter Intoleranz, wenn es um ihre Viecher geht. Ein falsches Wort, und sie lassen ihre Töle von der Kette und dann Gute Nacht. Oder sie schreiben Drohbriefe, lassen ihre Hunde vor deine Tür kacken und so. Außerdem ist Lilly im weiteren Sinn in der Tierbranche tätig, so dass wir es uns finanziell gar nicht leisten könnten, wenn herauskommt, wie der Mann tickt, mit dem sie zusammen lebt.

Höchste Zeit, unserem Hund (Moment, habe ich wirklich „unserem" Hund geschrieben? Es muss natürlich richtig heißen: Lillys Hund) einen Namen zu geben. Ich nenne ihn Artus. Ich nenne jeden Hund, der sich mir nicht namentlich vorgestellt hat, Artus, denn „Artus" ist für mich der Hunde-Urname. Artus, so hieß der Hund meines Opas mütterlicherseits. Artus war ein Schäferhund. Ich glaube heute mehr denn je, dass mein Opa ein alter Nazi war, ich meine, Schäferhund und Artus, hallo!, deutscher geht's ja gar nicht. Der richtige Artus hauste in einem Zwinger, der immer voller Scheiße war und von dem ein widerlicher Geruch ausging. Als Kind näherte ich mich dieser stinkenden Höhle mit der Bestie darin immer nur auf höchstens fünf Meter, und das auch nur, wenn es sich nicht vermeiden ließ. Wann immer jemand auf den Hof fuhr, flippte Artus völlig aus, bellte Alarm und raste wie wild in seinem Zwinger herum. Schlimm!

Einmal ging ich mit meinem Opa und Artus spazieren – nicht dass ich mich darum gerissen hätte, glauben Sie mir, lieber wäre ich im Lastwagen meines Onkels mitgefahren -, und mein Opa drückte mir die Hundeleine in die Hand. Mag sein, dass dies ein seltener Ausdruck von Zuneigung sein sollte, ein Vertrauensbeweis oder so etwas. Ich fand's sehr unangenehm, Artus war es schnuppe. Irgendwann ist mein Opa gestorben und dann war eines Tages auch Artus mitsamt seinem Zwinger nicht mehr da.

Langer Vorrede kurzer Sinn: Ich bin mit meinem Leben auch ohne Hund ganz zufrieden. Besser gesagt: Vor allem ohne Hund. Was mich an Hunden am meisten stört, habe ich in folgender Liste mal tabellarisch zusammengefasst. Also, Hunde

- sabbern
- kotzen auf den Teppich
- verteilen ihre Haare im ganzen Haus
- kacken in den Garten
- furzen
- wälzen sich in toten Tieren und anderen ekligen Substanzen
- fressen die Scheiße anderer Tiere
- liegen im Weg rum
- müssen raus, auch wenn's aus Eimern schüttet
- bellen
- werden krank, lassen sich für 1.500 Euro operieren und sterben drei Wochen später

Die Liste erhebt natürlich keinen Anspruch auf Vollständigkeit und ist sicher erweiterbar. Tun Sie sich bitte keinen Zwang an, nehmen Sie einen Stift und ergänzen Sie direkt hier auf dieser Seite, was noch fehlt.

Doch ich will fair sein. Ich habe auch eine Liste mit positiven Eigenschaften oder Verhaltensweisen von Hunden erstellt. Also, das Gute an Hunden ist:

- Als Welpen sind sie niedlich.

Okay, die Liste ist etwas kürzer als die obere, aber ich habe mir wirklich Mühe gegeben.

Vielleicht ist jetzt der richtige Zeitpunkt zu erläutern, warum ich eigentlich dieses Buch geschrieben habe und was das alles soll. Nun, die Sache ist die: Ich will mir einfach mal meinen Frust von der Seele schreiben. Denn sprechen kann man ja nicht darüber. Mit niemandem. Außer vielleicht mit einem Priester während der Beichte, aber auch da bin ich mir nicht sicher (haben Priester eigentlich Hunde?). Denn wer sich draußen und in freier Wildbahn gesteht, dass er Hunde nicht unheimlich toll findet, sondern stattdessen mit ihnen nicht viel anfangen kann, der spielt mit seinem Leben. Selbst im Freundeskreis sollte man seine Gedanken besser für sich behalten, sonst hat man bald keine mehr. Also keine Freunde mehr, Gedanken schon. „Menschen, die keine Hunde mögen, mit denen stimmt was nicht", sagte mir Lilly mal. Das seien alles Psychopathen und verkappte Massenmörder. Wenn sie Recht hat, kann ich ja froh sein, dass ich noch nicht im Knast oder der Klapse sitze.

Ich bin überzeugt, dass ich nicht allein bin, aber wir haben es hier mit einem handfesten Tabu zu tun. So ähnlich wie früher mit den Schwulen und Lesben. „Ich mag keine Hunde? Aber nein, woher denn, nie im Leben, ganz im Gegenteil, ich LIEBE Hunde!" Ich sage: Schluss mit diesen Lügen und mit diesem Versteckspielen. Tief in mir drin weiß ich, dass ich nicht allein bin.

Deshalb habe ich dieses Buch auch nicht nur für mich geschrieben. Sondern für alle die Leidensgenossen (meistens sind es Männer), denen das Schicksal genauso mitgespielt hat wie mir. Bei denen die Frau oder die Tochter irgendwann entschieden hat, dass jetzt sofort ein Hund ins Haus muss. Der Mann darf Platz machen, hat dann aber anschließend das Tier an der Backe. Ich bin gewiss, dass es da draußen zigtausende dieser meist still vor sich hin leidenden Hunde-Onkel (und –Tanten) gibt. Ihnen allen möchte ich mit diesem Büchlein sagen, dass sie nicht allein sind und rufe ihnen zu: „Lasst uns eine Facebook-Gruppe gründen und der Welt da draußen zeigen, dass, äh, naja, also, dass sie uns mal kann oder so in der Art."

****

Hauptteil

Was ist eigentlich der Unterschied zwischen einem Hund und einer Stubenfliege? Ganz einfach: Der Hund kann nicht fliegen.

Jetzt gucken Sie doch nicht so empört! Oder haben Sie ein gestörtes Verhältnis zu Fliegen? Sind doch genauso Geschöpfe Gottes wie Ihr Hündchen. Was ich nicht verstehen kann: Viele Hundebesitzer fühlen sich von der ganz normalen und also völlig harmlosen Stubenfliege in ihrem Wohnzimmer total genervt und haben nicht die geringsten Skrupel, sie mit einem schnellen Schlag ins Jenseits zu befördern, finden es aber absolut okay, wenn ihr Hund ein Drittel seines Fells, mit dem er sich kurz zuvor beim Gassi gehen im Dreck gewälzt hat, auf dem Sofa hinterlässt. Muss man das verstehen?

Beobachten und vergleichen Sie doch mal das Verhalten Ihres Hundes und einer zufällig vorbeifliegenden Stubenfliege. Der Hund, der gerade noch auf seinem Kissen lag, steht auf, wandert einmal quer durch den Raum und läßt sich dann, oft von einem tiefen Seufzer begleitet, wieder auf seinem Kissen nieder. Die Fliege macht nichts anderes. Gerade noch klebte sie an der Fensterscheibe, dreht eine Runde durchs Zimmer und kehrt dann an ihren Ausgangspunkt zurück. Warum machen die das? Welchem Impuls geben sie nach? Ich meine, wenn wir Menschen aufstehen, dann niemals ohne guten Grund. Wir gehen zum Beispiel in die Küche, um im Kühlschrank nachzusehen, ob noch etwas von dem kalten Braten übrig geblieben ist. Aber nie und nimmer kämen wir auf die Idee, uns von unserem gemütlichen Plätzchen zu erheben, um einfach nur mal so durch die Wohnung zu gehen und dann wieder dort Platz zu nehmen, wo wir herkamen. Das erscheint uns als sinnfreie Verschwendung von Zeit und Energie. Fliege und Hund aber denken in dieser Hinsicht offenbar anders als wir, aber gleich.

Ich kapiere es wirklich nicht, warum Fliegen bei uns nicht dieselbe Wertschätzung erfahren wie Hunde. Man kann sie doch genauso wie den Hund mit ins Bett nehmen, wenn man es geschickt anstellt. Und über ein Leckerli freut sich so eine Stubenfliege ebenfalls wie ein Hund; sie kann es vielleicht nur nicht so zeigen.

Also wenn Sie mich fragen, mir persönlich ist eine Fliege in meinem Wohnzimmer sogar tausendmal lieber als ein Hund. Da brauche ich nur das Fenster aufzumachen und früher oder später fliegt sie hinaus. Der Hund aber bleibt.

****

Nur damit hier keine Missverständnisse auftauchen: Wie ich bereits sagte, habe ich nichts gegen Hunde. Im Gegenteil. Ich kann ihnen stundenlang beim Spielen und Toben draußen im Park zusehen - vorausgesetzt, sie halten zu mir einen Respektabstand von mindestens zwei Metern und wollen mich nicht in ihr Spielen und Toben einbeziehen. Und natürlich finde ich Welpen einfach süß und lustig.

Ich bin nur der Ansicht, Hunde gehören nicht ins Haus.

Zumindest nicht in mein Haus.

Wenn es nach mir geht, gehören Hunde nach draußen in die freie Natur oder in einen Zwinger oder meinetwegen auch in die Häuser und Wohnungen anderer Leute. Dort dürfen sie dann auch gerne bleiben.

Ich bin ja der Ansicht, dass Tiere grundsätzlich nicht ins Haus gehören. Also auch keine Katzen, Hamster, Vögel oder Ameisen. Draußen ist es doch viel schöner und die Tiere haben auch mehr Platz.

Warum halten sich Menschen überhaupt einen Hund? Das verstehe ich nicht. Irgendetwas müssen sie damit kompensieren. Irgend ein Defizit. Davon bin ich felsenfest überzeugt. Merke: Menschen, die einen Hund haben, haben auch eine Macke.

****

Was ich ja gar nicht leiden kann, sind Kläffer. Da ist es mit meiner Toleranz wirklich vorbei. Direkt bei uns gegenüber wohnt so ein Vieh (ich wünschte, es wäre tot). Morgens um kurz nach sechs, Mittags von eins bis zwei und abends so gegen zehn läßt Frauchen den kleine Köter nach draußen, damit er dort die Dinge verrichten kann, die so ein Hund eben im Garten glaubt verrichten zu müssen. Und das heißt in diesem Fall vor allem Kläffen.

Fährt ein Auto vorbei – der Köter kläfft. Geht jemand mit einem anderen Hund vorbei – der Köter kläfft. Regnet es – der Köter kläfft. Scheint die Sonne – der Köter kläfft. Passiert gerade nichts – der Köter kläfft.

Hatte ich schon erwähnt, dass das Verhältnis zu unseren Nachbarn ein wenig angespannt ist?

****

Lilly sagt immer, ich soll nicht so streng mit Artus sein, wenn er mal wieder das ganze Haus zusammenbellt, nur weil jemand an der Tür geklingelt hat oder wenn er in unserer Abwesenheit das letzte Stück Kuchen vom Esszimmertisch geschnappt hat. „Er ist nun einmal ein Hund, das ist seine Natur", sagt Lilly dann. Tja, genau das ist das Problem.

****

Heute war ich mit Artus bei uns im nahen Wald Joggen. Nicht dass mir das sonderlich viel Spaß macht. Ich tue es auch nicht für den Hund und schon gar nicht für mich. Ich tue es einzig und allein für Lilly.

Es ist purer Stress. Ständig muss ich aufpassen, dass Artus nicht irgendetwas frisst, was am Wegesrand rumliegt, weil er dann den ganzen Tag furzt, dass es nicht auszuhalten ist und ich mich wieder mit Lilly zanke, weil ich mich über den Gestank beschwere („Hättest du besser aufgepasst…" etc.). Oder Artus wälzt sich in irgendeinem Dreck (tote Vögel oder Mäuse etc.) Egal.

Jedenfalls kam mir neulich eine Frau entgegen, ebenfalls mit Hund im Schlepptau. Sie ruft mir von weitem irgendetwas zu. Ich verstehe nur „Geht´s hier nach Süden?" Ich rufe zurück: „Nee, da lang" und zeige in die Richtung, in der ich Süden vermute. Sie kommt trotzdem näher und sieht mich komisch an. Ich renne weiter. Später wird mir klar, dass ich mich verhört haben muss. Sie hatte nicht „Geht´s hier nach Süden?" gerufen, sondern „Ist das ein Rüde?". Ich bin trotzdem mit meiner Antwort zufrieden. Das Geschlecht von Artus geht sie schließlich überhaupt nichts an.

****

Irgendwann habe ich damit begonnen, kleine Gedichte zu schreiben, in denen Hunde vorkommen. Fragen Sie mich nicht, warum. Vermutlich so eine Art Katharsis. Eins geht zum Beispiel so:

Ein Hund, ich glaub, es war ein großer,
ging einst von Braunschweig nach Hannover,
um dort eine Frau zu finden.
Kurz: Er wollte sich verbinden.
Doch in der Hauptstadt an der Leine
fand er keine.
So kehrte er mit müdem Blick
nach Braunschweig zurück.
Mist,
dass es so schief gelaufen ist.

Nicht übel, oder? Also ich für meinen Teil find's ganz gelungen für einen Laien.

****

Vor kurzem war zu lesen, dass ab sofort in Peking alle Hunde, die größer als 35 Zentimeter sind, in der Innenstadt verboten sind. Die Behörden der chinesischen Hauptstadt durchkämmten Wohnviertel auf der Suche nach den großen Hunden. Was danach mit den Tieren passierte, wurde nicht übermittelt. Ich hoffe ja noch immer, es stimmt nicht, was mancher erzählt. Dass nämlich Chinesen alles essen, was vier Beine hat, außer Tische und Stühle.

Aber gut, die Sache hat einen ernsten Hintergrund, kann ich mir vorstellen. Es ist ja auch hierzulande so:

Wer sich heute ein neues Auto kauft, der achtet insbesondere auf einen niedrigen Verbrauch. Spritfresser wie der Porsche Cayenne sind total out. Sie gehen mit einem Benzinverbrauch von 15 Litern und mehr nicht nur ins Geld, sondern die Besitzer werden zunehmend auch sozial geächtet. Kleine Autos dagegen sind in. Komisch, dass diese Diskussion bei Hunden noch nicht eingesetzt hat. Denn auch hier muss man sich fragen: Passt eine Deutsche Dogge, also der Porsche Cayenne unter den Hunden, heute noch in die Zeit? Sicher ist: Die Verbrauchswerte so einer Dogge sind gigantisch. Rund zwei Kilo Futter am Tag saugt sich so ein Tier locker rein. Ich frage Sie: Wer kann sich das noch leisten? Doch damit nicht genug: Dazu kommen natürlich noch die Emissionswerte in Form von Gasen und Haufen. Kurzum: Von der Ökobilanz her ist so eine Deutsche Dogge eigentlich doch eher ein Dinosaurier.

Anders dagegen der „VW Polo" unter unseren vierbeinigen Freunden, der Dackel. 300 bis 400 Gramm Futter pro Tag, dazu vielleicht noch ein, zwei Leckerlis, und der Hund ist zufrieden. Und was hinten raus kommt, passt locker in eine kleine Tüte.

Sollten Sie mal drüber nachdenken.

****

Noch eine Hundegedicht:

Ein Bauer geht mit seinem Hund
übern Acker und sein' Grund.
Ein jeder denkt ganz still für sich
an etwas Schönes, mehr weiß man nicht.
Nach einer knappen halben Stunde
beenden beide ihre Runde.
Hinterm Stall hebt jeder noch mal kurz sein
Bein,
dann geh'n sie heim.

****

Hatte ich schon erwähnt, dass Artus nicht gerade der Hellste ist? Heute war ich wieder mit ihm Laufen. Plötzlich kommt uns ein anderer Läufer entgegen. Artus rennt begeistert und mit dem ganzen Heck wedelnd auf ihn zu, und ich kann ihn nur mit lautem Gebrüll davon abhalten, an dem Mann hochzuspringen. Später erklärte mir Lilly Artus´ sonderbares Verhalten damit, dass er offensichtlich dachte, der entgegenkommende Läufer wäre ich. Tok, tok, tok. Vielleicht war er aber auch nur gerade in Gedanken.

****

Es ist ja nicht so, dass man von Hunden nichts lernen kann. Ich zum Beispiel habe von Artus gelernt, dass einmal pro Tag richtig satt essen ausreicht. Macht aber auf Dauer schlechte Laune. Sehen Hunde übrigens genauso.

****

Hinsichtlich meiner dichterischen Aktivitäten bin ich nicht nur auf den Hund gekommen, wenn Sie mir diesen Kalauer ausnahmsweise einmal nachsehen, sondern decke mittlerweile große Teile des gesamten Brehmschen Tierlebens ab. Man muss sich ja weiterentwickeln. Hier zum Beispiel mal eins über Vögel:

Eine Amsel und ein Zeisig,
die war'n sich selten einig.
Ihr Leben war nur Zank und Streit,
man kennt das ja und weiß Bescheid.
Nur Streit und Zank das ganze Jahr,
als wenn sonst nichts zu reden war.
Bis einer starb am 8. Mai.
Da war's vorbei.

****

Beim Aufräumen und Ausmisten eine alte Ausgabe der Zeitschrift „Partner Hund" gefunden. Mich gefragt, warum ich die wohl aufbewahrt habe. Vermutlich wegen der Titelgeschichte: „So motivieren Sie jeden Hund". Wie bitte, es gibt Hunde, die man motivieren muss? Das Thema „Motivation" kenn ich nur aus Schulen und Firmen, da spricht man aber von „Schülern" und „Mitarbeitern". Merke: Ein Hund, den man motivieren muss, ist eine Katze.

****

Lilly hat den Bezug von Artus´ Hundebett in der Waschmaschine gewaschen. Der Gestank war selbst für sie nicht mehr auszuhalten. Im Anschluss an die Hundebett-Wäsche hatte ich eine Maschine voll mit meinen weißen Sportsachen gewaschen. Toll: Alles voller schwarzer Hundehaare! Ich musste noch drei Mal nachspülen, bis die alle raus waren. Ich hasse den Köter!

****

Artus muss operiert werden. Irgendein Arzt hat bei ihm eine Kehlkopflähmung festgestellt. Artus kriegt deshalb schlecht Luft. Die OP kostet über 1.000 Euro, ob sie etwas bringt, ist nicht sicher. Es kann danach auch schlechter sein, oder der Hund kann während der OP hops gehen. Das Geld ist auf jeden Fall futsch, unabhängig vom Ausgang. Ob sich das noch lohnt bei einem 13 Jahre alten Hund? Bloß nicht mit Lilly darüber diskutieren. „Wie kannst du nur so denken!? Ich würde mein letztes Hemd für den Hund geben", fauchte sie mich an, als ich das Thema mal vorsichtig aus meiner Sicht ansprach.

****

Ich mag übrigens nicht nur Hunde, sondern alle Tiere. Sogar Katzen. Vorausgesetzt natürlich immer, dass sie mir fern bleiben, logisch. Und weil ich Katzen so mag, habe ich auch auch ein sehr nettes Katzengedicht komponiert. Das ist sogar ein bisschen länger geworden und geht so:

Es sah mal ein Kater 'nen Fernsehbericht
Über die Schwimm-Meisterschaften in Krachvitalicht
Vor allem der Endlauf über 400 Kraul
Faszinierte das Viech, sein Name war Paul,
Paul dachte sogleich "Mensch, das ist mein Sport,
den will ich probieren, und zwar sofort."
Kurzum, das Schwimmvirus hatte Paul infiziert,
das kann schon mal vorkommen, so was passiert.

Gleich am nächsten Tag im Schwimmbad am Park
Zog Paul seine Bahnen und fühlte sich stark.
Er trat dann auch noch 'nem Schwimmverein bei
Und stemmte im Kraftraum Gewichte aus Blei.
Schon bald hieß Paul in der ganzen Stadt
Der „ Muskelkater", was nahe lag.
Nach einem Jahr Training war unser Freund Paul

Tatsächlich der schnellste über 400 Kraul.

Doch da, eines Tages, ich weiß es wie heute,
da behauptete jemand - man kennt solche Leute
-,
der unserem Paul seine Erfolge nicht gönnte,
dass die Katze an sich gar nicht schwimmen
könnte.
Die Angst vor dem Nass läg der Katze im We-
sen,
das wüsst er genau, das hätt er gelesen.
Und überhaupt, so viel sei gewiss
sei die Geschichte von Paul ein großer Be-
schiss.

Paul hörte den Mann und dachte „So'n
Quatsch!"
Dann sprang er ins Becken und es machte
Platsch.
Wir fassen zusammen und ziehen den Schluss,
dass man über Katzen neu nachdenken muss.
Heut noch ein Kätzchen, so lieb und so klein,
kann es schon morgen ein Schwimmmeister
sein.

Und? Schon schön, gell?

Wobei, wenn ich jetzt noch mal genauer darüber
nachdenke: Ich mag Katzen dann doch nicht soooo

gerne. Wildkatzen ja. Die schon. Löwen, Tiger, Panther und so. Die leben ja auch dort, wo sie hingehören, in der Natur, in der Wildnis. Aber die Hauskatzen? Na kommen Sie! Und recht viel Arbeit machen sie ja auch. Glaub ich.

$$****$$

Im Internet gibt es eine neue Webseite. Sie nennt sich „MyGassi". Die Vision der Erfinder dieser Seite besteht darin, „das Zusammenleben von Mensch und Hund mit einer App nachhaltig zu verändern". Dabei wurden sie von der Frage angetrieben, „wie wir Mensch und Hund mit den Möglichkeiten der Smartphones noch näher zueinander bringen können".

Eine tolle Sache, wenn Sie mich fragen. Jetzt warte ich nur noch darauf, den ersten Hund zu sehen, der mit seinem Smartphone mit seinem Herrchen oder Frauchen telefoniert oder so. „Das Zusammenleben von Menschen und mit einer App nachhaltig verändern" – was für ein Schwachsinn! „Mensch und Hund mit den Möglichkeiten der Smartphones noch näher zueinander bringen" – die haben doch nen Wau, äh, Hau!

****

Ich mag es, wenn Hunde sich nützlich machen. Artus hat davon ja so gar nichts. Wenn er nicht gerade frisst oder durch die Prärie rennt, liegt er am liebsten auf seinem Kissen und läßt den lieben Gott einen guten Mann sein.

Doch es geht auch anders. Heute habe ich gelesen, dass es jede Menge Hunde gibt, die bei der Armee dienen. In Deutschland gibt es zum Beispiel die Schule für Diensthundewesen der Bundeswehr in Ulmen, Abkürzung „SDstHundeBw". Diese Ausbildungsstätte wurde bereits 1958 gegründet und beherbergt heute rund 600 Hunde, vorwiegend deutsche und belgische Schäferhunde (sogenannte Malinois). Die Ausbildung zum Schutz- oder Minensuchhund dauert fünf Jahre. Was das für ein Geld kostet! Hoffentlich rentiert sich der Aufwand.

Ich entnehme dem Artikel viel nutzloses Wissen, wie zum Beispiel dass schon im Jahre 1300 vor Christus in Griechenland die Molosser mit riesigen Hunden in den Krieg gezogen sind und dass sowohl Alexander der Große als auch Attila der Hunnenkönig eigene Hundemeuten im Kampfeinsatz hatten. Und hätten Sie gedacht, dass in der deutschen Armee zu Beginn des Ersten Weltkrieges rund 6.000 ausgebildete Hunde im Sold standen? Leider habe ich keine Fotos gefunden, mich würde interessieren, wo sie ihre Schulterklappen angebracht haben.

Später gab es auch Fallschirmhunde, die hinter den feindlichen Linien abgesetzt wurden. Über ihren Auftrag wurde nichts gesagt. Ich vermute, es handelte sich um Labradore, die den Feinden die Essenvorräte wegfressen sollten.

****

Wenn ich an meine Mutter denke, was ich immer wieder gerne tue, dann sehe ich folgendes Bild vor mir: Sie steht in der Küche, bereitet das Mittagessen für die große Familie vor und summt oder singt leise vor sich hin. Meine Mutter war tatsächlich eine sehr ausdauernde Sängerin. Am liebsten sang sie sogenannte „Küchenlieder". Die hießen so, weil sie von den Köchinnen in der Küche, in der meine Mutter Kochen gelernt hat, immer gesungen worden waren. Meine Mutter sang sie aber nicht nur in der Küche, sondern überall: im Wohnzimmer, im Garten, im Auto. Eines dieser Lieder ging so:

Ein Hund kam in die Küche und stahl dem Koch ein Ei.
Da nahm der Koch den Löffel und schlug den Hund zu Brei.
Da kamen viele Hunde und gruben ihm ein Grab.
Sie setzten ihm ein Denkmal, auf dem geschrieben stand:
Ein Hund kam in die Küche und stahl dem Koch ein Ei.
Da nahm der Koch den Löffel und schlug den Hund zu Brei.
Da kamen viele Hunde und gruben ihm ein Grab.
Sie setzten ihm ein Denkmal, auf dem geschrieben stand:
Ein Hund kam in die Küche und stahl dem Koch ein Ei...

Und so weiter und so weiter, bis das Essen fertig war, die Wäsche zusammengelegt oder der Boden gewischt. Ist das nicht ein schönes Lied, dieses Küchenlied? Hat sicherlich auch meine Beziehung zu unseren vierbeinigen Freunden geprägt.

****

Artus hat die Operation bestens überstanden. Frauchen ist glücklich. Gestern fanden wir bei uns im Garten einen toten Vogel. Artus stand davor und wedelte freudig erregt mit dem Schwanz. Überhaupt macht er den Eindruck, als wenn er uns noch viele Jahre erhalten bleibt. Ich beerdigte den toten Vogel in der Mülltonne. Es trifft doch immer die Falschen.

****

Artus frisst, was er kriegen kann. Gerne auch Pferdeäpfel. Am liebsten im Winter bei Minusgraden. Dann sind die Äpfel steinhart gefroren. Artus nimmt einen ins Maul, wirft ihn hoch, fängt ihn geschickt wieder auf und schluckt ihn runter. Als wenn er ein Eis essen würde. Lilly meint, alle Hunde würde Pferdeäpfel essen, das sei gut für den Magen und den gesamten Verdauungsapparat. Glaub ich aber nicht. Ich glaube, die machen das aus Jux und Tollerei.

****

Tatsächlich habe ich quasi von Geburt an ein eher distanziertes Verhältnis zu Tieren aller Art. Gleiches gilt für meine Geschwister. Liegt vermutlich auch an meinen Eltern. Gut, mein Vater kommt vom Bauernhof, aber das hat nichts zu sagen. Der Bauer als solcher hat ja auch eher eine geschäftsmäßige, professionelle Beziehung zum Tier. Er hält sie schließlich nicht aus Liebe oder Zuneigung, sondern damit sie ihn und seine Familie direkt oder indirekt ernähren. Und ja, wir Kinder waren auch mal im Schweinestall, wenn wir meine Großeltern väterlicherseits besucht hatten, und nein, wir fanden es dort nicht schön. Es hat gestunken wie die Sau und niedlich oder so fanden wir die Tiere auch nicht, eher schmutzig. Am liebsten waren uns Schweine in gebratener Form auf unseren Tellern.

Auch im Elternhaus meiner Mutter gab es Tiere, Hühner zum Beispiel, und in den Ferien durfte ich sogar manchmal zusehen, wie einem Huhn der Kopf abgehackt wurde. Das hat meistens Tante Hedwig getan. Wenn ich heute daran denke, finde ich das ziemlich gruselig, weil die Hühner ja anschließend auch so geblutet hatten aus ihrer offenen Wunde und manchmal sogar im wahrsten Sinne kopflos über den Hof gerannt sind. Später, wenn die geköpften Hühner sich beruhigt hatten, wurden sie in einem Eimer mit heißem Wasser gebadet. Das machte Tante Hedwig, weil sie ihnen anschließend besser die Federn ausrupfen konnte. Also ähnlich wie bei der Nassrasur beim Mann, das klappt nach einer heißen Dusche auch besser.

An Hunden gab es wie gesagt den Artus, der immer in seinem Zwinger leben musste und vor dem wir einen ziemlichen Schiss hatten. Der bellte immer wie ein Wahnsinniger und sprang gegen das Gitter. Außerdem stank es in seiner Nähe fürchterlich, weil er immer in den Zwinger kackte. Wenn es zu schlimm war, ging Opa mit dem Gartenschlauch da rein und spülte die Haufen weg. Wohin, weiß ich nicht mehr. Artus war für uns jedenfalls ein sehr wildes Tier. Einen Hund zum Spielen oder Knuddeln hatten wir nie kennen gelernt.

Wir wollten auch nie einen haben. Auch keine Katze. Meine drei Schwestern äußerten auch zeitlebens nicht den Wunsch, ein Pferd haben oder zumindest Reiten lernen zu wollen. Wir Jungs sowieso nicht. Waren wir anders?

Ich kann mich auch nicht mehr erinnern, wer diese Idee hatte, aber eines Tages stand plötzlich und wie aus heiterem Himmel der Gedanke im Raum, wir müssten einen Hamster haben. Wie gesagt, keine Ahnung, wer darauf gekommen ist, ich war's sicher nicht. Ich muss damals sieben oder acht Jahre alt gewesen sein. Jedenfalls hatten erstaunlicherweise sogar meine Eltern nichts dagegen, und da es in unserem Ort keine Tierhandlung gab, mussten wir mit unseren Fahrrädern 15

Kilometer in die nächste Stadt radeln, um dort eines dieser kleinen und wie man sagt putzigen Wesen zu kaufen. Im Karton brachten wir den Goldhamster nach Hause, wo er nach zwei Wochen verstarb. Die Todesursache ist bis heute nicht wirklich geklärt. Ich vermute Selbstmord. Da niemand den Hamster nach seinem Hinscheiden vermisste, war dieses Kapitel dann auch schon wieder beendet.

Das war's dann auch im Großen und Ganzen mit den Tieren. Zumindest bis zur Pubertät. Also bis zu meiner Pubertät. Dann hatte ich nämlich eine Freundin, meine erste. Gigi. Bildschön. Ich kann mich noch gut daran erinnern, wie ich sie zum ersten Mal sah. Es war an einem Sonntag in der Kirche, ich war 14 Jahre alt oder vielleicht 15. Der Gottesdienst hatte bereits begonnen und da kam mit leichter Verstärkung ein Engel herein. Ich konnte Gigi von meinem Platz schräg hinter dem Altar sehr gut beobachten. Sie war vielleicht so alt wie ich, und ich habe mich sofort unsterblich in sie verknallt.

Natürlich war mir völlig klar, dass ich niemals auch nur in die Nähe dieses göttliche Wesen von einem anderen Stern würde vordringen können. Trotzdem war es die schönste Heilige Messe, an der ich jemals teilgenommen hatte. Aber fragen Sie mich nicht mehr, worüber der Pastor in seiner Predigt gepredigt hatte.

Ein paar Tage später hatte ich herausgefunden, dass mein Engel aus der Kirche dieselbe Klasse des örtlichen Mädchengymnasiums besuchte wie ein paar Freundinnen aus meiner Clique, was die Kontaktaufnahme und Werbeversuche ungemein erleichterte. Was soll ich sagen: Ein paar Wochen nachdem Gigi mir in dem Gotteshaus zum ersten Mal erschienen war, waren wir ein Paar. Wir gingen miteinander. So hieß das damals. Ich war im siebten Himmel. Allerdings nur für kurze Zeit. Dann plumpste ich ziemlich heftig wieder auf Mutter Erde zurück.

Denn Gigi war gar kein Engel, sondern nur ein Mädchen aus Fleisch und Blut und hatte insofern viele Ähnlichkeiten mit meinen drei Schwestern. Was aber noch schlimmer war: Gigi hatte ein Pferd und sie hatte auch noch einen Hund. Ihre Prioritätenliste sah denn auch so aus: Pferd, Hund, ich. Immerhin durfte ich mal mit in ihre Allerheiligstes, den Pferdestall. Ich sag mal so: Den Geruch empfand ich als extrem gewöhnungsbedürftig. Als besonderen Vertrauensbeweis – so zumindest redete ich mir ein - ließ mich Gigi sogar das Bein ihres Pferdes halten, als es ein neues Hufeisen bekam. Der Gestank, als das heiße Eisen auf das Horn des Pferdefußes traf, hat mich fast umgebracht.

Gigis Hund, ein Münsterländer, war auch so eine Nummer. Er hatte permanent Durchfall und war nur am

Kacken. Auch mitten in der Stadt. War mir das peinlich!

Nach drei Wochen hatte ich die Nase voll und war wieder solo. Mann, war ich froh und erleichtert. Ich hatte das Gefühl, einer mir sehr feindlichen gesonnenen Welt gerade noch mal entronnen zu sein. Jedenfalls hatte meine erste Liebesbeziehung mein Verhältnis zum Tierreich nicht gerade positiv beeinflusst. Meine folgenden Beziehungen mit dem anderen Geschlecht waren denn auch nicht mit irgendwelchen dazugehörigen Tieren belastet.

****

Übrigens: Eine Umfrage unter Hunden über ihr Medienverhalten hat Folgendes zu Tage befördert: 32 Prozent der Teilnehmer schalten regelmäßig den Hundfunk ein. Dagegen schauen 68 Prozent der Hunde am liebsten T-Wau. Kleiner Scherz.

****

„Ein Hund ist ein Herz auf vier Beinen." Hat jemand auf Facebook gepostet. Soll ein chinesisches Sprichwort sein. Unser Hund kann damit allerdings nicht gemeint sein. Denn Artus ist kein Herz, sondern ein Magen auf vier Pfoten. Und zwar ein stets knurrender.

****

Gute Nachrichten für alle Manager, die viel unterwegs sind und Hunde lieben. Endlich ist Schluss mit einsamen Abenden an der Hotelbar und trostlosen Streifzügen durch die Fußgängerzonen. Ein amerikanisches Unternehmen leiht tierliebenden Handlungsreisenden Hunde auf Stunden- oder Tagesbasis aus. „Rent a dog" also. Eine tolle Idee, schließlich werden Hunde in der Psychotherapie ja schon seit Längerem mit Erfolg eingesetzt, da liegt die Anwendung für Manager natürlich auf der Hand. Außerdem ist so ein "Stunden-Hund" viel ehekompatibler als andere stundenweise Freizeitbeschäftigungen einsamer Männer auf Dienstreise in der Fremde. Richtige Tierfreunde werden sich auch von den hohen Honoraren nicht abschrecken lassen: 700 Dollar Jahresgebühr und weitere 25 Dollar pro Tag kostet diese neue Art des Escortservices.

Leider gibt es diese Dienstleistung noch nicht in Deutschland. Ein echtes Manko. Aber auch eine tolle Geschäftschance für gefeuerte Geschäftsführer und Vorstandsvorsitzende. Statt zu versuchen, sich als Unternehmensberater über Wasser zu halten, einfach ein Startup-Unternehmen gründen und einen Hundebegleitservice für Führungskräfte ins Leben rufen! Manager und Hund – das passt ja auch so gut zusammen. Da gibt es viele Ähnlichkeiten, zum Beispiel lautes Bellen oder Schwanz einziehen, wenn Gefahr droht. Okay, das ist ein billiger Gag, aber egal.

Nein, so ein Hund ist für den ungeliebten Manager („ungeliebter Manager" – ist das nicht doppelt gemoppelt?) ein prima Seelentröster. Wenn der Manager zum Beispiel gestresst, genervt und todmüde viel später als geplant am Abend nach Hause kommt, dann liegt der Hund nicht halbbesoffen auf dem Sofa und nölt „Kommst du auch noch mal nach Hause?!", sondern freut sich einfach. Wie sagte Gordon Gekko in Oliver Stones Film Wall Street so völlig richtig: „Wenn du einen Freund brauchst, kauf dir einen Hund." Oder leih dir einen aus.

****

Natürlich waren wir früher als Kinder auch mal im Zoo. Tiere angucken. Auf diese Weise lernten wir damals die Bedeutung des Satzes „Das Gegenteil von gut ist gut gemeint." Denn der Zoobesuch war von unseren Eltern sicher gut gemeint. Bei uns kamen diese Ausflüge dagegen weniger gut an. Wir konnten uns kaum etwas Langweiligeres vorstellen als einen Zoobesuch. Genauso gut hätten wir Farbe beim Trocknen zusehen können. Wenigstens gab es ein Eis (zur Belohnung?).

****

Kann es einen größeren Liebesbeweis, den ein Mann einer Frau erweisen kann, geben als den, bei ihr zu bleiben und ihren Hund zu erdulden, obwohl er eigentlich keine Hunde in seiner Nähe ertragen kann? Klare Antwort: Nein! Dieses Inkaufnehmen ist tausend Mal mehr wert als jeder Diamant und jede Perlenkette. Ich versuche das Lilly seit Jahren klar zu machen. Bisher allerdings ohne Erfolg: Lilly will trotzdem den Klunker und die Kette.

****

Was ja so richtig eklig ist, ist dieses Herumgewälze der Hunde in fremdem Kot und anderen unappetitlichen Sachen. Also in toten Tieren zum Beispiel, Mäusen oder was da gerade so am Wegesrand rumliegt. Unser Artus hat daran immer einen Heidenspaß. Kaum ist man mit ihm draußen, sucht er sich irgendetwas, in dem er sich ausgiebig wälzen kann. Und wir – das heißt Lilly, ich weigere mich immer erfolgreich – dürfen ihn dann anschließend wieder duschen. Ich hatte natürlich anfangs keinen Schimmer, warum der Köter das macht. Lilly behauptet, das sei so ein Ding aus dem Hundestammhirn; die Hunde würden das zur Tarnung für die Jagd machen. Also ich glaube ja eher, die machen das aus Spaß.

Nach einer Weile hatte ich unseren Pappenheimer natürlich durchschaut, und immer wenn wir beim Laufen an einem frisch gedüngten Feld vorbei kommen, nehme ich Artus sofort an die Leine. Und führe uns nicht in Versuchung und so. Artus ist natürlich in dieser Hinsicht kein Einzelfall, viele Hunde finden es toll, sich im Dreck zu suhlen.

Einmal habe ich beobachtet, wie sich ein blonder Retriever, der offenkundig zu einem blonden Frauchen gehörte, auf einem Feld in der vom Bauern gerade frisch ausgebrachten Gülle ausgiebig gewälzt hat. Frauchen hatte das erst gar nicht mitbekommen, weil sie wichtige Gespräche mit ihrem Smartphone führen musste. Dann endlich hat sie geschnallt, was da passierte und sich die Kehle aus dem Leib geschrien, klein Blondchen solle das gefälligst lassen und sofort herkommen, aber keine Chance. Ich hab den Anblick genossen und herzhaft in mich hineingeschmunzelt. Warum soll es anderen besser gehen als mir? Ich konnte mich gar nicht satt sehen.

Später sah ich, dass die zweibeinige und die vierbeinige Blondine auf dem Parkplatz ein wenig ratlos und unschlüssig vor ihrem Auto standen – Porsche Cayenne. Tja, jetzt war guter Rat teuer: Hund mitnehmen und durch den Gestank den Wiederverkaufswert des Fahrzeugs um 50 Prozent mindern oder warten, bis es richtig feste regnet? Fröhlich pfeifend bin ich weitergelaufen, Artus natürlich immer schön an der Leine.

****

Ach so, ich hab natürlich noch etwas ganz Entscheidendes aus meiner Kindheit vergessen, wenn es um mein Verhältnis zu Hunden geht. Lassie! Die Serie. Ich kann mich nicht mehr so ganz gut daran erinnern, aber dass ich die „Abenteuer" von Lassie immer stinklangweilig fand, das weiß ich noch sehr gut. Auf der Langweiligkeitsskala bewegten sich die Lassie-Filme ungefähr auf gleicher Höhe mit einem Besuch im Zoo. Meine Geschwister und ich haben die Filme meistens trotzdem geguckt, einfach weil es keine Alternativen gab damals. Insgesamt 588 Lassie-Episoden haben die ARD in den 1960er und 70er Jahren gesendet. Also mehr als anderthalb Jahre jeden Tag eine neue Folge. Von den Wiederholungen ganz abgesehen.

Lassie soll der berühmteste Hund der Welt sein, hab ich bei Wikipedia gelesen. Das war früher sicher richtig, aber stimmt das heute auch noch? Ich weiß nicht. Ob Teenager heute noch mit dem Namen „Lassie" etwas anfangen können? Im Internet gibt es unter der Adresse www.lassie.net übrigens eine Homepage, die es an Langeweile durchaus mit Lassie-Filmen aufnehmen kann.

Der einzige Hund, den ich in meiner Kindheit und Jugend wirklich richtig gut fand, war Snoopy aus dem Comic The Peanuts von Charles M. Schulz. Snoopy ist der Hund des liebenswerten Loosers Charly Braun. Er liegt meistens auf dem Dach seiner Hundehütte und gibt sich philosophischen Gedanken hin. Oder er ist „Der rote Baron", der berühmte und heldenhafte Kampflieger aus dem ersten Weltkrieg. Snoopy ist cool. Ich liebe ihn immer noch.

****

Lilly kann ja an keinem Hund vorbeigehen, ohne ihn zu knuddeln oder ihm zumindest ihm ein freundliches Wort zu schenken. Vor allem im Urlaub, wenn wir mal ohne Artus unterwegs sind, ist es ganz schlimm. Schon nach wenigen Tagen leidet Lilly unter heftigen Hundeknuddelentzugserscheinungen und fällt über jeden Vierbeiner her, der sich nicht schnell genug in Sicherheit bringen kann. Dann geht es los mit „Oh, ist der süß!" und „Darf ich ihn mal kraulen?" Ob wir in Salzburg, Verona, Kopenhagen oder auch auf dem Gipfel des Monte Cinto auf Korsika sind – auf Lillys Reflex Oh-ein-Hund-ich-muss-ihn-knuddeln ist Verlass.

Auch ein harmloser Stadtbummel durch die Einkaufsstraße unserer Heimatstadt kann sich auf diese Weise schon mal ganz schön hinziehen. Normale Frauen schauen sich die Auslagen in den Schaufenstern an, Lilly hält Ausschau nach Hunden, die sie knuddeln kann. Wie ich mich dabei fühle und was ich in der Zeit mache? Wen interessiert das?

Ergänzend muss ich sagen, dass Lilly magische Hände hat, wenn es um Hundeknuddeln geht. Sie hat da so einen Massagegriff an der Hüfte des Vierbeiners drauf, der alle Hunde auf den Schlag willenlos macht. Jeder, und ich betone, ausnahmslos jeder, egal ob Weibchen oder Rüde, wirft sich augenblicklich auf den Rücken und gibt Lilly zu verstehen: „Nimm mich, ich bin dein!"

Das ist dann oft für die Besitzer des Hundes und etwaige umstehende Passanten recht lustig zu ansehen. Mancher schaut aber auch schon mal ein wenig pikiert.

Ja, Lilly ist schon ein wenig speziell, was Hunde betrifft. Ich liebe sie trotzdem.

****

„Gut gekaut, ist halb verdaut." Das ist so ein Satz, mit dem ich groß geworden bin. Meine Mutter ermahnte mich und meine Geschwister damit immer, schön langsam zu essen und nicht so zu schlingen. Für Artus gilt dieser Satz offenkundig nicht. Artus hält Kauen für Zeitverschwendung. „Warum kauen, wenn ich auch saugen kann?", lautet sein Motto, sobald sein Fressen im Napf ist und er die Freigabe zum Entern erhalten hat. Die Futtermenge kann noch so groß sein, innerhalb von maximal 30 Sekunden ist der Napf leer und Artus blickt einen aus enttäuschten Augen an. „Was, schon alle? Ach Menno!" So läßt sich sein Gesichtsausdruck deuten.

Bei Artus hat das Schlingen übrigens überhaupt keine Auswirkungen auf die Verdauung. Also jedenfalls keine negativen. Viele unter Verstopfung leidenden Menschen wären froh, wenn sie verdauungsmäßig mit Artus auf einem Niveau lägen. Allerdings könnte das Saugen durchaus kausalursächlich mit Artus′ chronischem Flatulenz in Verbindung stehen.

Artus kann übrigens nicht nur atemberaubend schnell, sondern ebenso beeindruckend viel fressen. Das liege daran, erklärte mir Lilly, dass Labradore kein Sättigungsgefühl hätten. Solange etwas Essbares vor ihrer Nase oder besser Schnauze wäre, würden sie weiter fressen. Und besonders wählerisch ist Artus in dieser Hinsicht auch nicht. Er frisst grundsätzlich alles.

Einmal, es war ein Sonntag, waren Lilly und ich außer Haus und Artus war daheim geblieben. Er konnte sich frei im Wohnzimmer bewegen. Dummerweise hatte wir vergessen, die Tür zur Küche zu schließen, und hier, in der Küche, stand noch ein leckerer Apfelkuchen, den Lilly am Vormittag gebacken hatte, um mir eine Freude zu machen. Als ich bei unserer Rückkehr die Haustür aufschloss, sagte ich noch zu Lilly, wie sehr ich mich nun auf ein schönes Stück Apfelkuchen freue. Können Sie sich meine Verblüffung vorstellen, als der Kuchen nicht mehr an der Stelle stand, wo ich ihn vermutete? Auch im Kühlschrank war er nicht und Lilly hatte ihn auch nicht in den Keller gebracht, wie sie mir versicherte.

Dafür lag ein vollgefressener Hund auf seinem Kissen und hatte ein sichtlich schlechtes Gewissen. Sagte Lilly jedenfalls. Ich hab ja keine Ahnung, woran man erkennt, ob ein Hund ein schlechtes Gewissen hat, aber wenn Lilly das sagt... Es war also tatsächlich so, dass Artus sich den Kuchen vom Küchentisch geholt und ihn bis auf den letzten Krümel verputzt hatte. Ich war so wütend, das können Sie sich nicht vorstellen. Dann sagte Lilly auch noch, dass man Artus aus seinem Mundraub keinen Vorwurf machen könne, er habe schließlich nur eine Chance gesehen, sich einen Vorteil zu verschaffen, und er habe diese Chance genutzt. Würde ich doch auch so machen. Ich glaube sogar, sie fand das Ganze auch noch lustig. Unter einem Hunde-kuchen hatte ich mir dagegen etwas anderes vorgestellt.

Glauben Sie mir eins, liebe Leserinnen und Leser: Seit diesem Frustrationserlebnis achte ich darauf, dass die Tür zur Küche immer fest geschlossen ist. Und wenn wir nicht zu Hause sind, der Hund aber wohl, wird auch der Schlüssel umgedreht. Sicher ist sicher.

****

Zu dieser unglaublichen Verfressenheit von Labradoren passt auch eine Geschichte, die uns eine von Lillys Hunde-Bekanntschaften erzählte. Ich zitiere aus dem Gedächtnis:

„Übers Wochenende durfte ich einen nagelneuen, gepanzerten BMW 7er mit hellen Ledersitzen und sämtlichen Schnickschnack fahren. Also cruiste ich mit unserem Labrador ganz entspannt bei sonnigem Herbstwetter durch das Rhein-Main-Gebiet. Herrlich! Spontan hielten wir bei meiner Freundin, um kurz ‛Hallo´ zu sagen. Gesagt, geparkt, Labbi kurz im Auto gelassen und zur Freundin rein. Es waren auch nur 15 Minuten, die ich weg war, doch diese 15 Minuten haben mein Leben verändert! Was ich nämlich völlig übersehen hatte: Im Auto stand ein 5-Kilo-Eimer mit Brausesüßigkeiten, den ich zuvor gekauft hatte und der mir zum totalen Verhängnis wurde.

Was ich vorfand, als ich zurück ans Auto kam, war eine Katastrophe!!! Der Hund saß auf dem Fahrersitz und es kamen schwallartige Schaumstöße aus seinem Maul. Tollwut war es nicht! Und überall lag bunte, verschmierte Brause, auf den hellen Sitzen, in jedem kleinsten Spalt sprudelte bunte Brause. Der letzte Schrei an Regenbogen-Interieur, würde ich sagen.

Damals war mir zum Heulen zumute, heute kann ich herzlich darüber lachen. Das Fahrzeug war übrigens ein

Vorstandsauto, welches in der kommenden Woche ausgeliefert werden sollte."

Eine schockierende Geschichte. Was für ein Glück immerhin, dass es kein Mercedes war.

****

„Ich wollt', ich wär ein Huhn"? Nein, ich wollt', ich wär ein Hund! Manchmal zumindest. Zum Beispiel wenn es um Klamotten geht. Letzten Winter etwa – er wart hart und lang – hatte ich wegen der Bekämpfung meiner chronischen Winterdepression mittels Schokolade mehrere Kilo an Gewicht zugenommen. Irgendwann war ich dann natürlich aus meinen Anzügen rausgewachsen, sie passten auch beim besten Willen nicht mehr und ich musste mir für viel Geld neue kaufen. Sehr ärgerlich, weil die Sachen ja ansonsten noch tadellos in Schuss waren! Für Artus ist so etwas kein Problem. Er wird fett und fetter und seine Klamotten (Experten sprechen auch vom „Fell") sitzen trotzdem immer wie angegossen.

Das ist bei uns Männern leider ganz anders. Unsere Anzüge passen ja eigentlich nie. Entweder sind sie zu weit und schlabbrig, weil wir gerade eine Diät hinter uns haben, oder – was die Regel ist – sie sind viel zu eng und wir sehen in ihnen aus wie die Wurst in der Pelle. Vor allem im Frühjahr ist das immer wieder zu beklagen, wenn wir uns in die noch guten Sommeranzüge aus dem Vorjahr hineinzwängen wollen.

Das konnte ich jetzt gerade wieder auf einem Kongress eines großen Industrieunternehmens beobachten. Für viele der Teilnehmer kam der Frühling völlig überraschend und mindestens fünf Kilo zu früh. Trotzdem hatten sie sich in das edle Tuch vom vergangenen Jahr gezwängt. Vielleicht waren sie auch nur zu knickerig, um sich einen neuen Anzug zu kaufen. („Da wachs ich schon noch wieder rein, in zwei, drei Wochen sitzt der wieder perfekt.") Reich wird man ja bekanntlich nicht durch mehr verdienen, sondern durch weniger ausgeben. Aber gut. Jetzt waren natürlich äußerst sparsame Bewegungen entscheidend, damit die Nähte nicht platzen. So fielen zahlreiche Besucher durch ihre extrem kleinen Schritte auf, sie lehnten es ab, sich hinzusetzen ("Nein danke, ich saß ja die ganze Zeit im Auto"), und wenn sie jemandem die Hand gaben, dann immer nur knapp aus dem Handgelenk heraus. Bloß nichts riskieren. Und das alles mit einen leicht gequälten und hungrigen Gesichtsausdruck.

Von alldem weiß so ein Hund natürlich nichts. Der kann fressen, so viel er will und rund wie eine Tonne werden: Der Anzug passt.

✳✳✳✳

Schlimmer als Hunde sind ihre Besitzer. Vor allem diejenigen, die sich irgendeinen Hund anschaffen, der gerade Mode ist oder der die Rolle übernehmen soll, das geringe Ego ihres Besitzers aufzupolieren (sogenannte „Kompensationshunde"). In der Regel sind diese Besitzer mit ihrem Köter heillos überfordert. Manche sehen es nicht einmal als erforderlich an, dass der Hund eine Hundeschule besucht, wo ihm ein Mindestmaß an gutem Benehmen beigebracht wird. Das schlechte Benehmen des Hundes steht dann in direktem Zusammenhang zu dem schlechten Benehmen ihres Besitzers.

Heute zum Beispiel mal wieder. Ich mit Artus im Wald, da kommt ein Mann mit einem noch recht jungen Dobermann auf uns zu. Natürlich nicht angeleint, beide. Dobermann stürzt sich auf Artus und geht mit gefletschten Zähnen von oben auf Artus Hals. Ich natürlich sofort mit lautem Gebrüll dazwischen. Artus ist zwar nicht mein bester Freund, aber von einem dahergelaufenen schlecht erzogenen Dobermann umbringen will ich ihn auch nicht lassen. Schon allein wegen des Ärgers zu Hause. Aber weiter: Dobermann läßt von Artus ab und läuft zu seinem Herrchen, der das ganze recht unbeteiligt verfolgt hat und auch keine Anstalten unternimmt, seinen Köter zu maßregeln. Ich zu dem Besitzer: „Wollen Sie ihm das so durchgehen lassen?" Er: „Was denn?" Ich: „Na Ihr Hund hat doch meinen Hund gebissen." Er: „Wenn er ihn gebissen hätte, dann sähe Ihr Hund jetzt anders aus." Ich: „Aber das können Sie Ihrem Hund doch nicht durchgehen lassen! Der fühlt sich ja noch bestätigt, wenn Sie ihn nicht maßregeln." Er: „Wenn ich ihn jetzt bestrafe, weiß er gar nicht mehr, was er tun soll." Ich bin dann weiter, mit solchen Leuten kannst du ja nicht diskutieren.

Ich habe dieses Erlebnis auf meiner Facebook-Seite online gestellt. Die Kommentare, die ich darauf erhalten habe, zeigen, dass ich mit meinen Erfahrungen nicht alleine stehe. Hier ein paar Auszüge:

Petra: Das Problem ist, dass jeder Hundebesitzer denkt/meint, dass er seinen Hund im Griff hat und von daher gar nicht weiß, wovon Sie hier reden. ;-(Aber keine Sorge, auch wenn man zur Hundeschule geht, heißt das noch lange nicht, dass man dann seinen Hund im Griff hat. Es gibt genügend sogenannte Hundetrainer, die meiner Ansicht nach völlig verbohrt sind. „Nur unser Weg ist der einzig wahre". Nee, klar... Ja, ja, das liebe Thema zwischen Hundebesitzern und Nicht-Hundebesitzern.... ;-(

Marzena: Wir haben Murphy zu einem friedlichen und braven Hund erzogen und müssen ihn nun regelmäßig vor pöbelnden Tölen beschützen - da kann ja was nicht stimmen. Aber in manchen Fällen hilft leider auch keine Hundeschule - beispielsweise, wenn der Besitzer offensichtlich Angst vor seinem eigenen Hund hat oder sein kleines Ego mit einem großen Vierbeiner poliert. Faszinierend, was uns derzeit beim Gassi-Gehen so alles begegnet...

Sven: Und ich baue mein Haus gerade neben einer belebten Hundewiese, bin begeistert... :-(

Arne: Die Gefahr ist immer am anderen Ende der Leine (und hat nur zwei Beine und schimpft sich Mensch) - das sage ich als Besitzer von zwei Hunden! Diese blödsinnigen Vollidioten sorgen dafür, dass die Medien aufmerksam werden und wieder alle über einen Kamm geschoren werden -> zum Kotzen ...

Marzena: Genau! Was dieser Typus verbockt, müssen alle Hundehalter mit ausbaden - leider...

Marzena: @Sven: dann solltet ihr Euch vielleicht keine Katze anschaffen.

Andreas: Darum gibt es einen Hundeführerschein. Wäre gut, wenn der in Zukunft verpflichtend wäre bei der Anschaffung. Wir gehen seit zwei Jahren regelmäßig in die Hundeschule. Macht uns und der Mitzi Spaß und hält uns erziehungsmäßig fit. Die meisten schlecht erzogenen Hunde trifft man übrigens an der Isar. Schon komisch, was da alles rumläuft.

Petra: Aber die Abzocke mit dem Hundeführerschein und der Besuch der Hundeschule ist auch kein Freifahrtschein! Wer nicht bereit ist, sich jeden Tag zu kümmern und seinem Hund die nötige Bewegung und

Disziplin zu geben, dem nützt auch keine Prüfung oder Schulbesuch. Was nicht heißt, dass ich es nicht völlig in Ordnung finde, sich Unterstützung bei einem Hundetrainer zu suchen. Nur es ist nicht das Allheilmittel... "Rudelführerschein" ist keine Aufgabe für nur eine Stunde in der Woche.

Ja, Hunde sind wirklich eine Prüfung Gottes. Aber Hundehalter noch viel mehr.

****

Gestern Spaziergang mit Frau. Lilly fing davon an, welchen Hund „wir" uns anschaffen, wenn Artus mal nicht mehr unter uns ist. Das wird sicherlich noch in ferner Zukunft sein, denn abgesehen von seinen Allergien gegen alles und jedes ist Artus nach seiner erfolgreichen Operation körperlich ja wieder topfit und in einem traumhaften Zustand. Woran ironischerweise ausgerechnet ja ich selbst nicht ganz unschuldig bin. Denn mein häufiges Laufen mit ihm hat nicht nur mir, sondern auch dem Hund sehr gut getan und war seinem körperlichen Allgemeinzustand sehr zuträglich. Topfit, wie gesagt. Aber egal.

Wenn es nach Lilly geht, haben wir jedenfalls später irgendwann einmal eine englische Bulldogge im Haus. Kennen Sie den? Englische Bulldogge? Das ist so ein kleiner, dicker, super hässlicher Fleischklops. Klar, dass so ein Hund nur über meine Leiche ins Haus kommt. Hund ist ja schon schlimm, hässlicher Hund geht gar nicht. Welchen Hund ich denn am liebsten hätte, fragt mich Lilly doch tatsächlich. Und das nach zehn gemeinsamen Lebensjahren!

„Die Frage ist leicht zu beantworten", entgegnete ich, „gar keinen. Oder einen aus Porzelan." „Du meinst sicher Pudel", sagte Lilly. Keine Ahnung, wie sie ausgerechnet auf Pudel kommt. „Der Pudel wird dir gefallen, der ist superschlau und verliert auch keine Haare", sagt sie. Dann erzählt sie mir ein paar Kilometer etwas über die Vorzüge von Pudeln. Ich heuchelte mit einem gelegentlichen „Hm" oder „Aha" Interesse. Zum Schluss sagte sie dann ein sehr schönen Satz. „Aber wenn Artus mal nicht mehr ist, dann machen wir erst mal eine Hundepause, gell?" Darauf können wir uns auf jeden Fall einigen.

****

Neulich waren wir bei einem befreundeten Ehepaar zum Abendessen eingeladen. Genauer gesagt waren wir nicht befreundet, sondern hatten uns erst vor kurzem kennengelernt, aber gut. Sie kennen das sicher: Man findet sich sympathisch, lädt sich gegenseitig ein und entweder freundet man sich dann an oder eben auch nicht. Jedenfalls kamen wir im Laufe des Gespräch auch auf das Thema „Hund", was sich kaum vermeiden läßt, wenn mindestens zwei der Anwesenden ein Faible für diese Tiere haben.

In unserem Fall waren das Lilly und unsere Gastgeberin, nennen wir sie Elke. Ihr Lebenspartner heißt Robert. Elke also entpuppte sich als leidenschaftliche Hundefreundin und ist insgesamt sehr tierlieb. Lilly erwähnte dann irgendwann, dass ich zwar mehr oder weniger häufig mit dem Hund laufen gehe und Artus mich als Rudelführer betrachtet, ich aber ansonsten wenig bis nichts für Hunde übrig habe und eben auch nicht für Artus.

Elke blickte mich daraufhin mit großen Augen an und sagte: „Aber solche Sachen wie zusammen laufen, das verbindet doch." Jetzt lag der Ball in meinem Spielfeld und ich hatte die Wahl zwischen höflichem Smalltalk („Ja natürlich, Lilly macht nur Spaß.") oder der Wahrheit. Ich entschied mich für letzteres und antwortete: „Nö, keine Spur, jedenfalls was mich betrifft. Ich laufe lieber allein."

Ich konnte Elkes Blick ansehen, dass ich auf einen Schlag mindestens 90 von 100 Sympathiepunkten eingebüßt hatte. Dagegen glaubte ich in Roberts Augen für einen kurzen Moment ein großes Einverständnis erkannt zu haben.

****

Die FDP-Nachwuchsorganisation in Sachsen-Anhalt sorgte vor einiger Zeit mit einem radikalen Vorschlag für Aufregung bei Tierliebhabern und Schlagzeilen in den Zeitungen. Die „JuLis" (Junge Liberale) aus Sachsen-Anhalt stellten ganz offiziell einen Antrag, das Schlachtverbot für Hunde aufzuheben. „Auch Hunde kann man essen", so die Jungpolitiker.

Sie haben ja Recht, die Kinder, natürlich kann man Hunde essen, die Frage ist nur: wozu? Aber gut. Jedenfalls große Aufregung allerorten. Wohl auch deswegen erhielten die Freidenker aus dem Osten von ihren Bundesgenossen ganz schnell einen Maulkorb verpasst. Außerdem wurden sämtliche Bildungsreisen nach Südostasien (China etc.) gestrichen.

****

Bei meinen Recherchen für dieses Buch bin ich im Internet über ein Pamphlet einer leidenschaftlichen Kämpferin für das Recht der Hunde und ihrer Besitzer gestoßen. Sie ist Vorsitzende eines Hundeverbandes (kann man das so sagen?) aus München in Bayern und wahrscheinlich schon von Amts wegen total humorlos. Aber gut. Jedenfalls beklagt sie äußerst wortreich den mangelnden Respekt, den die deutsche Gesellschaft den Hunden und den Hundebesitzern entgegenbringt. Wobei „mangelnder Respekt" deutlich untertrieben ist. Ich darf mal kurz aus der Streitschrift unserer Jeanne d´Arc der Hundewelt zitieren:

> „Hundebesitzer gehören in unserer Gesellschaft zu einer Randgruppe, die sich einiges gefallen lassen müssen. Ein Hundebesitzer stellt nicht nur eine willkommene Angriffsfläche und Ventil zum Aggressionsabbau für frustrierte Mitbürger dar und muss sich mit seinem gesellschaftsfähigen Hund anpöbeln lassen, nur weil er Hundehalter ist."

Sie bringt dann auch jede Menge Beispiel für die schikanöse Behandlung, unter der Hunde und ihre Besitzer leiden müssen, wie Leinenzwang oder Badeverbot an Badeseen. Ich zitiere noch einmal: „Offenbar meint die Bevölkerung, Hundebesitzer sind Menschen zweiter Klasse und ihre Hunde würden Menschen `fressen´ oder hätten eine lebensbedrohliche, ansteckende Krankheit." Besonders schlimm sei die Situation in Norddeutschland. Sie schreibt: „Dort herrschen offensichtlich katastrophale Bedingungen für Hunde, die sich kein Bayer vorstellen kann." Leider führt sie nicht weiter aus, worin diese „katastrophalen" und, wie anzunehmen ist, hundeunwürdigen Lebensbedingungen genau bestehen – außer wieder das Thema Leinenzwang zu erwähnen -, aber ich glaube ihr auch so, dass es schlimm sein muss. Man kennt ja diese Leute aus dem Norden, kalt wie die Fische, die sie den ganzen Tag essen, keine Kultur, kein Benehmen, Wikinger halt.

Nein, die Hunde und ihre Halter hätten diese schlechte Behandlung und diese geringe Wertschätzung seitens der Bevölkerung und – ja natürlich auch und ganz speziell – der Politiker nicht verdient. Im Gegenteil. Eigentlich müssten Hund und Herrchen (oder Frauchen) von der Allgemeinheit auf Händen getragen werden. Zumindest müsse ihnen der rote Teppich ausgerollt werden, schließlich seien sie von einem ganz erheblichen volkswirtschaftlichen Nutzen. Und zum Beleg führt unsere Hundelobbyistin ein paar durchaus interessante ökonomische Fakten an:

- Es gibt in Deutschland je nach Quelle fünf bis 5,5 Millionen Hunde.
- Dieser „Markt" repräsentiert ein Umsatzvolumen von insgesamt rund fünf Milliarden Euro.

- Allein für Hundefutter geben die Deutschen pro Jahr rund 1,2 Milliarden Euro aus – ungefähr genauso viel wie für Babynahrung.
- Der Umsatz mit Hundebedarfsartikeln (Leinen, Bürsten, Körbchen oder Spielzeug etc.) beträgt mehr als 160 Millionen Euro im Jahr. Andere Quellen sprechen sogar von 200 Millionen Euro.
- In etwa eben so viel, nämlich rund 150 Millionen Euro, geben die Hundebesitzer für Arzneimittel aus (nicht für sich, für ihre Wauwaus).
- Tierarztpraxen setzen pro Jahr rund 700 Millionen Euro mit der Behandlung von Hunden um.
- Jedes Jahr werden Hundebücher für insgesamt 60 Millionen Euro verkauft.
- Zeitschriften, Fernsehanstalten und andere Medien freuen sich über jährliche Werbeinnahmen von den Tiernahrungshersteller in Höhe von über 60 Millionen Euro.
- Die 1.350 Hundesalons in Deutschland erzielen einen Umsatz von rund 50 Millionen Euro.
- Bis zu 250 Millionen Euro nehmen Deutschlands Städte und Gemeinden an Umsatzsteuer ein.
- Doch damit nicht genug: Gäbe es keine Hunde, hätten wir in Deutschland 100.000 Arbeitsplätze weniger.

- Allein die Arbeitsplätze von 15 000 Tierärzte und Tierarzthelfer/innen hängen direkt am Hund.
- 40 bis 60 Hunde „finanzieren" einen Arbeitsplatz.
- Hundehalter fahren um 30 Prozent weniger ins Ausland als Nicht-Hundehalter und lassen damit mehr Geld im Inland.
- Durch die Hundehaltung (Gassi gehen) soll sogar die Gesundheit der Besitzer verbessert werden, was die gesamtwirtschaftlichen Gesundheitskosten um mehr als zwei Milliarden Euro reduzieren soll (entsprechend 0,875 Prozent der Gesamtaufwendungen).
- Außerdem erbringen Hunde zusätzliche ökonomische Leistungen für die Gesellschaft – wie zum Beispiel Polizeihunde, Rettungshunde, Blindenhunde und Therapiehunde -, die zu keinen entsprechenden Kosten führen.

Und und und…

Alles vermutlich richtig und auch ganz prima. Nur:

Mit denselben Argumenten und Verweisen auf den volkswirtschaftlichen Nutzen und ökonomischen Wert für Gesellschaft und Staat könnten auch Deutschlands Zuhälter und Puff-Besitzer mehr Respekt und Wertschätzung für sich und die Damen des horizontalen Gewerbes einfordern. Denn auch in dieser Branche

werden Milliardenumsätze generiert und dem allgemeinen Geldkreislauf zugeführt.

****

Ich wieder beim Laufen in meinem Hauswald, diesmal ohne Artus. Also ganz entspannt im Hier und Jetzt. Herrlich! Aber dann, ich war auf der Höhe des Kinderspielplatzes, ist es aus mit der meditativen Stimmung. Denn plötzlich, quasi aus heiterem Himmel, rast so eine Töle laut kläffend auf mich zu und bleibt in 30 Zentimeter Abstand knurrend und überhaupt einen auf wilden Mann machend vor mir stehen. Notgedrungen muss ich ebenfalls stehen bleiben und werfe dem Köter ein paar unfreundliche, aber angemessene Wörter an den Kopf. „Scheißköter, verpiss dich", so was in der Art. Normalerweise drücke ich mich elaborierter aus, aber das verstehen die Viecher ja nicht. Und außerdem heißt es doch: auf einen groben Klotz gehört ein grober Keil. Ist doch wahr! Und außerdem, wer hat denn angefangen?

Aus der Ferne ruft das Frauchen. Ich kann nicht verstehen, was das Frauchen ruft, aber ich vermute, ihren Köter. Der zeigt sich zunächst völlig unbeeindruckt, läßt dann aber doch irgendwann von mir ab und rennt zu Frauchen zurück. Dachte ich jedenfalls und Frauchen vermutlich auch, aber denkste! Auf halber Strecke dreht Bello wieder um, rennt zu mir zurück und beginnt dasselbe Spielchen von vorne. Ich bin zunehmend genervt und rufe in Richtung Frauchen: „Hallo!?" Frauchen setzt sich dann freundlicherweise doch mal in Bewegung und joggt zu uns rüber.

„Tut mir leid, das macht er manchmal, ich weiß auch nicht, warum."

Ich stelle fest, dass sie gar nicht so übel aussieht und sage: „Wie wär´s mal mit Hundeschule?"

Sie: „Da geht er doch schon hin und die Trainerin wird ganz schön böse sein, wenn ich ihr das hier erzähle. Warum macht er das bloß?"

Jetzt wieder ich: „Vermutlich glaubt er, dass er sie beschützen muss oder so." Mit meiner geballten Erfahrung aus zehnjähriger Hundeerziehung belehre ich sie, dass sie dem Hund klar machen müsse, dass sie die Chefin sei und gut auf sich selbst aufpassen können und er sie daher auch nicht beschützen müsse, sondern ganz entspannt sein Leben genießen könne und so weiter und so fort. Sofort akzeptiert sie mich als Koryphäe auf dem Gebiet der Hundeerziehung. „Und was mache konkret in so einer Situation?" möchte sie wissen.

Ich: „Da hilft nur Gewalt. Schnauzengriff, auf den Boden schmeißen, sich drauf hocken und so. Haben wir bei unserem Hund auch so gemacht. Klappt."

Ich empfehle ihr dann noch, vorerst den Hund an die Leine zu nehmen, bis er das mit dem Chefsein kapiert hat. Die Frau, die gar nicht so schrecklich unsympathisch ist, wie ich anfangs dachte, hat sich dann noch tausendmal bei mir bedankt und sich weitere tausendmal für das schlechte Verhalten ihres ungezogenen Köters entschuldigt. Der Hund selbst hat natürlich nichts dergleichen getan, verzogenes Mistviech.

Als ich Lilly später von dem Vorfall erzählte, hat sie sich kaputt gelacht. „Du als Hundexperte, ich schmeiß mich weg." Ja, so weit ist es schon gekommen. Da sieht man, was zehn Jahre Leben mit Hund unter einem Dach aus einem Mann machen kann. Vielleicht schreibe ich mal ein Buch über Hundeerziehung.

****

Habe ich eigentlich schon erwähnt, dass Artus kastriert ist? Nicht? Gut, dann hole ich dies an dieser Stelle nach. Schon sehr früh hat Lilly diesen kleinen Eingriff vornehmen lassen. Seitdem ist Artus, wenn man so will, kein richtiger Mann mehr. Deshalb muss aber niemand Mitleid mit ihm haben. Im Gegenteil. Denn wie mir Lilly erklärte, ist das Leben eines kastrierten Hundes wesentlich stressfreier und entspannter als das eines nichtkastrierten Kollegen.

Vor allem wird so ein kastrierter Hund nicht permanent von dem Drang heimgesucht, eine Hündin „beglücken" zu müssen. Was viele ja nicht wissen: Sexsucht ist ein Phänomen, das nicht nur bei amerikanischen Schauspielern vorkommt, sondern im Tierreich weit verbreitet ist. Vor allem eben bei nichtkastrierten Hunden. Darunter leiden nicht nur die Hundeweibchen – es sei denn, sie sind gerade läufig – sowie die Besitzer diese Hunde, sondern vor allem leiden die Rüden selbst. Kann man sich ja denken: Du bist – wie es ja so treffend heißt – spitz wie Nachbars Lumpi, kommst aber nicht zum Schuss. Da kann man auf die Dauer schon komisch werden.

Ein weiterer Vorteil der Kastration besteht darin, erklärte mir Lilly, dass der entmannte Hund nicht dauernd mit Konkurrenten oder vermeintlichen Konkurrenten um die Vormachtstellung kämpfen muss.

Nachteile gibt es so gut wie keine. Manche Leute sind der Ansicht, sagt Lilly, dass kastrierte Hunde faul und bequem werden würden und zur Fettsucht neigten. Aber das sei Quatsch. Richtig sei allerdings, dass die kastrierten Hunde die verpassten sexuellen Erlebnisse durch Gaumenfreuden zu kompensieren versuchten. Mit anderen Worten: Sie würden verfressen. Kennt man ja so ähnlich auch beim Menschen. „Essen ist der Sex des Alters", heißt es.

Bei einem Labrador wie Artus fällt diese Nebenwirkung der Kastration im wahrsten Sinne des Wortes aber nicht ins Gewicht, denn der ist ohnehin verfressen. Labrador halt. Außerdem muss man damit rechnen, dass kastrierte Rüden von nichtkastrierten Rüden gerne mal bestiegen werden. Da muss man als Besitzer halt ein bisschen aufpassen, sagt Lilly.

Sex ist für Artus jedenfalls eine fremde Welt. „Not my business", sozusagen. Nun kommt es auf unseren Spaziergängen durch Wald und Flur durchaus vor, dass sich eine läufige Hündin vor Artus hinwirft und ihm schmachtende Blicke zuwirft. Artus wedelt dann immer freundlich mit dem Schwanz oder besser mit der Rute und freut sich über das lustige Spiel. Auch so eine Nebenwirkung: Hunde, die früh kastriert wurden, behalten ihren Spieltrieb bis ins hohe Alter.

Es gibt keinen vernünftigen Grund, einen männlichen Hund nicht zu kastrieren, sagt Lilly, es sei denn,

man ist Züchter. Dass trotzdem nicht alle Rüden ent-
mannt sind, liegt in erster Linie an ihren Herrchen. Aus
falscher Solidarität und vor allem aus mangelnder
Hundekenntnis kommt so ein Eingriff bei IHREM
Hund überhaupt nicht in die Tüte. Das ist sozusagen
eine Frage der Ehre. Ein echter Kerl läuft nicht mit einem kastrierten Hund durch die Gegend! Da könnte
man ja gleich selbst… Aber lassen wir das.

Frauen ticken da anders. Sie haben in der Regel kein
Problem damit, ihren Rüden kastrieren zu lassen.
(Nein, nicht ihren Rüpel, ihren Rüden habe ich gesagt.)
Natürlich können sie sich auch viel leichter in so ein
Hundeweibchen hineinversetzen und nachempfinden,
wie lästig es ist, andauernd von irgendwelchen daher-
gelaufenen Machos angemacht zu werden.

****

Regelmäßig macht sich Lilly darüber lustig, wenn ich mir wieder meine Laufschuhe anziehe oder mein Rennrad für eine kleine Runde fertig mache. Neulich warf sie mir sogar vor, ich sei sportsüchtig. Das ist fies, gemein und ungerecht. Gerade sie als Hundeexpertin sollte es besser wissen. Schließlich ist es bei mir genauso wie bei Artus. Wir brauchen einfach unseren Auslauf, und zwar am besten täglich. Wenn wir den nicht bekommen, werden wir missmutig, übellaunig und gehen jedem Menschen in unserer Umgebung auf die Nerven.

Das ist etwas, was man als Frau einfach wissen und recherchieren muss, bevor man sich so was anschafft. Also Hund oder Mann oder beides. Handelt es sich bei dem Kandidaten um ein Exemplar, das am liebsten den ganzen Tag auf dem Sofa oder dem Kissen herumgammelt und vor sich hin träumt, oder ist es eins von der Sorte Action und Bewegung?

Was Frauchen auf keinen Fall tun sollte: versuchen, Hund oder Mann zu ändern. Das geht mit Sicherheit in die Hose. Das Stichwort lautet „artgerechte Haltung". Mag sein, dass sich nach der Anschaffung herausstellt, dass Frauchen doch lieber eins von dem Faulpelzen hätte. Aber mit diesem Fehlkauf muss Frauchen jetzt leben.

****

Es gibt jede Menge Studien und andere pseudowissenschaftliche Abhandlungen, die belegen sollen, dass ein Hund im Haus sich förderlich und segensreich auf die Partnerschaft zwischen Mann und Frau auswirkt (das gilt natürlich auch für gleichgeschlechtliche Partnerschaften, wenn Ihnen an dieser Zusatzbemerkung liegt). Ich meine sogar, vor einiger Zeit so etwas in dieser Richtung gelesen zu haben.

Bezahlt wurde die Studie vermutlich vom VDH Verband für das deutsche Hundewesen oder den Firmen Mars („Pedigree", „Royal Canin"), Fressnapf oder Zooplus. Aber egal. Ich glaube sogar, dass das stimmt: Hunde können die Beziehung zwischen (menschlichen) Partnern positiv beeinflussen und festigen. Da bin ich ziemlich sicher.

Aber - und auch da bin ich ziemlich sicher - nur in solchen Partnerschaften, in denen BEIDE Partner Hunde toll finden. Ist diese Voraussetzung nicht erfüllt – teilt also einer der Partner die Leidenschaft, Liebe und Begeisterung für Hunde nicht oder findet Hunde sogar total blöd -, tritt das Gegenteil in Kraft. Der Hund erweist sich dann für die Beziehung und Partnerschaft als Belastung. (Gleiches gilt natürlich auch für Katzen, Echsen oder Kinder.) Die Partnerschaft wird auf eine harte, nicht selten auch existenzielle Probe gestellt.

So wie in unserem Fall. Lilly ist ja die Hundefreundin, wie sie im Buche steht. Mir dagegen gehen Hunde im besten Fall am Allerwertesten vorbei. Nun ist Lilly zwar von Artus oft ebenfalls total genervt – Kunststück, bei dem Köter! -, behauptet aber steif und fest, das liege nur an mir. Weil ich den Hund ablehnen würde. Bei ihr sei das dann so eine Art vorauseilender Gehorsam. Sie würde nur mit dem Hund schimpfen – etwa weil der wieder am Furzen ist wie der Bürgermeister von Pforzheim -, um mir zuvorzukommen. Das ist natürlich völliger Blödsinn, denn ich schimpfe selbstverständlich trotzdem, und das nicht zu knapp.

****

Lilly muss immer mal wieder beruflich verreisen, und manchmal bleibt sie dann auch über Nacht fort. Ich fürchte und hasse diese Tage und Nächte, denn dann bin ich mit Artus allein und muss mich um alles kümmern. Also Gassi gehen, ihn nicht verhungern lassen und überhaupt mit ihm LEBEN. Sowohl Lilly und ich arbeiten ja im Home Office, also in unserem Haus, jeder in seinem Arbeitszimmer. Und normalerweise liegt Artus dann auf seinem Kissen neben Lillys Schreibtisch. Ist sie auf Reisen und also nicht da, liegt er – nein, nicht neben meinem Schreibtisch, so weit kommt's noch. Bei seinem ewigen Schmatzen und Pupsen könnte ich keinen klaren Gedanken fassen und das Ärger-Adrenalin würde mir nach kurzer Zeit bis zur Schädeldecke stehen. Aber im Flur vor meinem Zimmer, da darf er liegen. Man ist ja kein Unmensch.

Was die Nacht betrifft, so hat Lilly mich gebeten, ihn doch bittebitte neben meinem Bett schlafen zu lassen. Aber keine Chance. Ich bin ja sowieso der Meinung, ein richtiger Hund soll draußen schlafen, meinetwegen in einer Hundehütte im Garten. Gut, ich weiß, es heißt Haushund, okay, ich hab's verstanden, aber es heißt nicht Schlafzimmerhund. Also wieder Flur.

Ausschließlich Lilly zuliebe lasse ich die Tür zu meinem Schlafzimmer offen stehen. Trotzdem werde ich nachts von Artus' Schnarchen und Seufzen geweckt oder davon, dass er seine Schlafposition verändern muss. Dann steht er auf, dreht sich 18 mal um sich selber läßt sich und dann wieder mit einem lauten Schnauben auf sein Bett fallen. Wenn ich Glück habe, schlafe ich bald wieder ein, meistens aber habe ich Mordgelüste und liege lange wach. Dann überlege ich hin und her, wie ich ihn am geschicktesten beiseite schaffen kann. Oder ich tue mir einfach selber leid.

Jedenfalls bin ich immer sehr froh, wenn Lilly von ihrer Dienstreise wieder zurück ist. Sie braucht mir auch gar nichts mitzubringen.

****

Früher bin ich mit Artus oft laufen gegangen. Nicht weil es mir Spaß machte, sondern um Lilly eine Freude zu machen. Und es ging auch ganz gut. Anderthalb Stunde waren für Artus gar kein Problem. Ich lief in der Zeit 15 km, er sicherlich 20. Und wenn wir dann wieder zu Hause waren, sah er mich an, als wenn er mich fragen wollte: Und was machen wir jetzt? Ja, der Hund war ganz schön fit. Und ich war sozusagen sein Trainer.

Heute gehe ich kaum noch mit Artus laufen. Und das hat im Wesentlichen zwei Gründe. Erstens: Ich habe dazu keine Lust. Und zweitens: Artus hat dazu keine Lust.

Wenn ich heute mit Artus laufen gehe – immer noch ausschließlich aus dem Grunde, um Lilly einen Gefallen zu tun -, dann bedeutet das für mich Ärger von der ersten bis zur letzten Minute. Schon nach einem halben Kilometer zockelt der Köter mindestens 100 Meter hinter mir her. Da hilft auch kein Anbrüllen. Der Hund hat einfach keinen Bock. Ich laufe dann in meinem Tempo weiter, soll Artus doch sehen, wo er bleibt. Er bleibt dann auch immer mindestens 100 Meter hinter mir, tendenziell mehr.

Manchmal nehme ich ihn an die Leine, aber das ist auch kein Vergnügen. Denn dann muss ich ihn hinter mir her schleifen. Nach spätestens 45 Minuten und der kleinstmöglichen Laufrunde sind wir dann völlig entnervt wieder daheim. „Du musst ihn verstehen", sagt Lilly dann und streichelt Artus (warum eigentlich streichelt sie den Hund und nicht mich?), „er ist halt ein alter Mann." Gut, da hat sie natürlich Recht. Artus ist inzwischen 13, in Menschenjahren also ungefähr 91.

Aber trotzdem. Ich glaube, der Hund will mich einfach nur ärgern. Denn es ist schon komisch: Wenn ich mit dem Radl fahre, joggt Artus sozusagen fröhlich pfeifend neben mir her. Und mit dem Radl bin ich ja nicht langsamer als zu Fuß. Nein, der Hund, ich sag´s Ihnen: eine Nervensäge!

****

Apropos Säge. Natürlich schnarcht Artus. Ist ja klar, er läßt keine schlechte Eigenschaft aus. Genauer gesagt schnarcht der Hund nicht, er arbeitet nachts in einem Sägewerk. Laut ist das, kann ich Ihnen sagen, da machen Sie sich keine Vorstellung von. Wie Lilly dabei schlafen kann, ist mir ein Rätsel.

Ich bin wegen dieser Lärmbelästigung ja schon vor langer Zeit aus unserem gemeinsamen Schlafzimmer ausgezogen. Gut, nicht nur wegen des Schnarchens, auch wegen des Pupsens und des Schmatzens. Und dann muss er in letzter Zeit auch nachts immer mal wieder raus zum Pieseln. Wegen der Prostata vermutlich. Nein, Freunde, Hund im Schlafzimmer? Komm, geh weiter!

****

Anfangs hatte ich mich beim Spazierengehen immer gefragt, was das für rosa oder auch schwarze Beutel sind, welche die Leute mit sich herumtragen und was wohl darin sein könnte. Als ich es dann irgendwann herausgefunden hatte, fand ich das ziemlich eklig. Die Leute tragen den Kot ihrer Hunde spazieren.

Also mit mir nicht, soweit kommt's noch. Ich für meinen Teil fass die Ausscheiden von Artus unter keinen Umständen an, auch nicht durch so eine dünne Plastiktüte. Schon beim Gedanken daran wird mir übel und ich muss mich sehr zusammenreißen, um mich nicht spontan und ergiebig zu übergeben. Außerdem wär mir das auch total peinlich, mit so einer Kacktüte in der Hand durch die Gegend zu latschen. Nee, nee, seinen Dreck soll Artus mal schön selbst wegräumen. Wäre ja noch schöner… Gott sei Dank hat Lilly ihm schon als Welpe beigebracht, sich immer nur abseits der Wege im Gebüsch zu erleichtern.

Manchmal kommt mir eine Gruppe von Gassigeherinnen mit ihrer Hundemeute entgegen, von denen gleich mehrere so ein Gepäck in der Hand haben. Sie tun dann so, als sei es das Normalste von der Welt, mit diesen Tüten durch die Weltgeschichte zu spazieren.

Gut, immer noch besser, als die Kacke überall herumliegen zu lassen. Das geht gar nicht. Ich will ja nichts sagen, wenn die Hunde so wie Artus irgendwo im Gebüsch ihr Geschäft erledigen, wo sowieso kein

Mensch hingeht (oder allenfalls, um sich selber dort zu erleichtern). Aber Hundebesitzer, die ihren Köter mitten auf den Gehweg scheißen lassen und dann die Wurst einfach liegen lassen, die gehören doch ins Gefängnis! Oder? Ist doch wahr.

****

In meinem bevorzugten Laufrevier liegen übrigens tausend Mal mehr Pferdeäpfel auf dem Weg herum als Hundekot. Irre, welche Mengen Pferde ausscheiden. Was mich nur wundert: Im Gegensatz zum Hundehaufen regt sich über den Pferdemist auf dem Weg kaum jemand auf. Ich habe noch nie erlebt, dass ein Spaziergänger einem Reiter, dessen Pferd sich gerade mitten auf dem Spazierweg erleichtert hat, hinterherrief, er möge doch bitte die Hinterlassenschaften seines Pferdes aufsammeln. Warum eigentlich nicht? Ist doch komisch, oder?

Also wenn Sie mich fragen, ich bin sehr dafür, dass auch die Reiter den Mist ihrer Pferde wieder aufsammeln und fachgerecht entsorgen. Müssten halt etwas größere Tüten sein (Rucksack?).

****

Lilly ist ein rührend. Mit welcher Hartnäckigkeit sie versucht, aus mir doch noch einen Hundefreund zu machen und vor allem meine Beziehung zu Artus auf ein anderes, freundschaftliches Niveau zu heben! Vor einiger Zeit hat sie mir drei Bücher geschenkt. „Hier", sagte sie, „wenn das nichts für dich ist, weiß ich auch nicht mehr weiter." Überflüssig zu sagen, dass alle drei Bücher mit Hunden zu tun hatten.

Das erste ist von dem ehemals berühmten Verhaltensforscher Konrad Lorenz und hat den Titel „So kam der Mensch auf den Hund". Das zweite stammt von einem unserer Literaturnobelpreisträger, nämlich von Thomas Mann. Es heißt ganz einfach „Herr und Hund. Ein Idyll". Und das dritte Buch stammt aus der Feder des Philosophen Erhard Oeser. Unter der Überschrift „Hund und Mensch" spürt Oeser auf knapp 200 eng beschriebenen Seiten der „Geschichte einer Beziehung" nach.

Ich war wirklich bewegt über Lillys Geschenk. Zeigte es doch einmal mehr, wie sehr Lilly daran gelegen war, dass ich Artus' Zuneigung mir gegenüber erwidere. Also begann ich zu lesen. Und zwar absolut ergebnisoffen, wie ich an dieser Stelle unbedingt betonen möchte. Kann ja sein, dass ich plötzlich, mitten im Buch, die Erleuchtung habe, oder die Bekehrung, und ich von dieser Sekunde an zum größten Hundeliebhaber unter der Sonne werden würde. Ich konnte und wollte nichts ausschließen. Nichts ist unmöglich. Und ich wäre auch gar nicht unglücklich darüber. Warum auch? Vielleicht sind Hundefreunde und insgesamt Tierliebhaber alles in allem die zufriedeneren Menschen auf unserem Planeten, kann ja sein. Ich weiß es nicht. Aber wenn es so ist, wäre man ja dumm, wenn man sich dagegen sperren würde, einer von ihnen zu werden.

Als erstes nahm ich das Buch von Thomas Mann zur Hand. Nicht weil ich so ein großer Mann-Fan bin, sondern allein aus praktischen Erwägungen – das Buch war mit nur 95 Seiten schlicht und ergreifend das dünnste. Trotzdem kostete es mich durchaus ein bisschen Überwindung. Denn eigentlich kann ich Thomas Mann nicht sonderlich gut leiden, oder besser seine Bücher nicht, seitdem ich in der Schule „Tonio Kröger" und „Mario und der Zauberer" lesen musste. Das hat mir für den Rest meines Lebens gereicht. Buddenbrooks? Nie gelesen. Doktor Faustus? Komplett ignoriert. Der Zauberberg? Lass stecken. Obwohl ich in jungen Jahren Germanistik studiert hatte, kenne ich kaum irgendetwas von Thomas Mann.

Ja, es ist wahr: Man kann in Deutschland Germanistik studieren, ohne jemals eine Zeile von Thomas Mann gelesen zu haben. Übrigens auch ohne jemals eine Zeile von Goethe gelesen zu haben. Klingt komisch, ist aber so. Aber gut, ist ein Thema für sich.

Das Buch von Thomas Mann heißt, wie gesagt, „Herr und Hund". Witziger hätte ich ja den Titel „Mann und Hund" gefunden, aber Mann, also der Thomas, wusste sicher, was er tat. Ist ja jetzt auch nicht so wichtig. Jedenfalls erzählt der Dichter in diesem Werk von seinem Hund „Bauchan". Bauchan ist (oder war) ein Hühnerhund. Ich musste erst mal googeln, was ein Hühnerhund ist und wie er aussieht. Dort erfuhr ich dann, dass der Hühnerhund „eine Art Jagdhund von mittlerer Größe ist, welcher zu dem Fange der Feldhühner und Wachteln abgerichtet wird, und daher auch Wachtelhund oder Vorstehhund genannt wird" (aus: Grammatisch-kritisches Wörterbuch der Hochdeutschen Mundart). Dann wissen wir das jetzt auch. Ein paar schöne Bilder von prachtvollen Vertretern der Rasse „Hühnerhunde" finden Sie mit Leichtigkeit im Internet.

In Manns Buch passiert eigentlich nichts Besonderes. Mann erzählt einfach ein bisschen davon, was er und sein Hund so treiben und erleben. Nichts Spektakuläres. Jeder, der einen Hund hat, kennt solche Szenen und Geschehnisse. Besonders ist an Manns Buch daher nicht das, was erzählt wird, sondern wie es erzählt wird. Und das ist meisterhaft. So wie Mann habe ich noch nie jemanden von seinem Hund erzählen gehört oder gelesen.

Zunächst etwas ungewohnt und steif kommt Manns Text daher, man sieht den Autor quasi vor sich, wie er am Schreibtisch sitzt und arbeitet, in voller Montur mit Anzug, Weste und Krawatte. Lockerflockig ist anders. Jedes Wort, so kommt es einem vor, ist sorgfältig gewählt und steht präzise und akkurat an der Stelle, wo es hingehört. Nichts bleibt dem Zufall überlassen. Vor allem gibt es keine Lässigkeit, schon gar keine Nachlässigkeit. Alles ist perfekt, aber vielleicht gerade deshalb irgendwie auch seelenlos. So wie ein technisch meisterhaftes Gemälde, das aber keine Emotionen ausstrahlt. Zumindest zu Beginn des Buches. Später, wenn man sich erst einmal eingelesen hat, spürt man immer mehr, dass der Autor für seinen Hund sehr viel empfunden hat.

Also alles in allem ein ganz klarer Lesetipp, auch für Menschen, die ansonsten mit den Werken des Nobelpreisträgers nicht so viel anfangen können. Artus hatte von meiner Lektüre des Mann-Buches allerdings nichts – er ist halt kein Hühnerhund und ich kein Mann, also kein Thomas Mann.

****

Durch die vielen Spaziergänge in unserem Revier kennen Lilly und ich inzwischen viele Hunde mit Namen. Da gibt es die Susi, den Monty, den Purzel, die Nelly, den Hektor und die ganzen anderen.

Wie die Besitzer der Hunde heißen, wissen wir dagegen nicht. Es interessiert uns auch nicht. Lilly sagt immer nur: „Ach schau, da kommt ja der Pollux wieder." Oder die Mira. Die Besitzer haben lediglich den Status von Begleitpersonal.

Wenn Frauchen und Herrchen mal ohne ihre vierbeinigen Viecher unterwegs sind, werden sie auch nicht erkannt. Anderen Hundebesitzern geht es mit Lilly und mir natürlich genauso. In den seltenen Fällen, in denen wir mal ohne Artus unterwegs sind, sind andere Hundebesitzer immer völlig irritiert, wenn wir sie grüßen. Dann steht ihnen ein großes Fragezeichen ins Gesichts geschrieben: „Nette Leute, aber woher kenne ich sie?"

Erst wenn Lilly sie dann aufklärt und sagt, dass wir die "Eltern" von Artus seien und ihn aus diesem oder jenem Grunde zu Hause gelassen haben, stellt sich spontane Wiedersehensfreude ein. Es gibt natürlich auch nur ein einziges, immer gleiches Gesprächsthema. Ich bin sicher, Sie können sich denken, welches. Genau genommen handelt es sich auch nicht um ein Gespräch im üblichen Sinne, sondern mehr um einen Austausch von Informationen darüber, wie es den Hunden geht und was sie wieder angestellt haben.

Nach ein paar Minuten können wir dann mit den jüngsten Informationen versehen und heiterer Stimmung unseren Weg fortsetzen.

****

Hundebesitzer sind anders. Viele jedenfalls. Wie zum Beispiel Heiner, mit dem ich über Facebook bekannt bin. Heiner war mir schon öfter aufgefallen, weil er permanent Fotos seines Rhodesian Ridgeback veröffentlicht. Jetzt schoss Heiner den Vogel ab. Aus Anlass des dritten Geburtstags seines Köters veröffentlichte er ein Posting mit einer Torte und drei Kerzen drauf. Dazu der Text: „Ich liebe dich und bin glücklich, dass es dich gibt."

Jetzt mal ganz nüchtern gefragt: Ist das noch normal? Ich meine: Seit wann können Hunde lesen und nutzen Facebook? Und was sagt Heiners Freundin/Frau dazu? Aber vermutlich hat er keine. Und mich würde es auch nicht wundern, wenn er keine braucht. Dann schrieb Heiner übrigens noch: „Wenn sich im Paradies eine Menschenseele und eine Hundeseele begegnen, muss sich die Menschenseele vor der Hundeseele verneigen."

Ich sag ja: tock, tock, tock! Lilly fand Heiners Geburtstagsposting natürlich „total süß". Seufz!

****

„Jeder Hund ist besser als gar keiner", schreibt Konrad Lorenz in seinem Buch „So kam der Mensch auf den Hund" auf Seite 62. Das ist natürlich völliger Unsinn, jedenfalls wenn Sie mich fragen.

Trotzdem hat mir das Buch ganz gut gefallen. Vor allem das Kapitel „Erziehung". Zum einen deshalb, weil es vielen Hunden (und – nebenbei gesagt - auch ihren Besitzern) gerade daran fehlt, und zum anderen weil Lorenz hier sehr schön verdeutlicht, dass man in der Erziehung von Hunden auch vor Gewaltanwendung nicht zurückschrecken darf. Motto: Wer nicht hören will, muss fühlen.

Hundeerziehung, so der Verhaltensforscher, ist ohne Gewaltanwendung nicht möglich – bei dem einen mehr und bei dem anderen weniger. Hier mal eine kleine Kostprobe: „Wenn einer meiner Hunde", schreibt Lorenz, „ein neues Tier meiner Sammlung deshalb tötete, weil er es noch nicht kannte, machte ich ihm das Verbotene seines Tuns zuweilen dadurch begreiflich, dass ich ihn *mit* der Leiche des Ermordeten verprügelte." Tja, raue Sitten. Hundeerziehung ist halt nichts für Weicheier.

Auch Lilly kennt in dieser Hinsicht kein Pardon. Da fliegt die Leine, aber auch schon mal der ganze Hunde, wenn er nicht das tut, was Lilly ihm befohlen hat. Schnauzengriff? Hab ich mittlerweile auch drauf.

Fazit: Für Hundefreunde ist das Buch von Konrad Lorenz vermutlich ganz unterhaltsam. Und auch der Nutzenaspekt kommt nicht zu kurz. So zum Beispiel im Kapitel „Ratschläge für die Anschaffung". Nochmals eine Kostprobe aus dem Buch:

„Wahl macht bekanntlich Qual: Zu welcher der vielen Hunderassen soll man sich entschließen? Vorerst muss man sich darüber klar werden, was man von seinem Tier erwartet. (...) Ein krasses Beispiel: Ein recht sentimentales, vereinsamtes altes Fräulein, das für sein großes Liebes- und Pflegebedürfnis ein Objekt sucht, hätte gewiss wenig Freude an dem zurückhaltenden Wesen eines Chows, der für Streicheln und körperliche Berührung kaum Sinn hat und die heimkehrende Herrin nur mit herablassendem, hoheitsvollen Schwanzwedeln begrüßt, anstatt, wie andere Hunde, freudig an ihr emporzuspringen. Wer das Sentimentale, Anschmiegsame im Wesen eines Hundes sucht, wer Hunde liebt, die, den Kopf auf das Knie des Herrn gelegt, stundenlang in Anbetung versunken, aus treuen Bernsteinaugen zu ihm aufblicken können, dem rate ich zu einem Gordon Setter oder zu einer ähnlich langhaarigen und hängeohrigen Rasse."

Konrad Lorenz („Es gibt Tiere, Menschen und Hunde") war ein Tier- und natürlich vor allem auch ein Hundefreund. „Kein anderes Tier", schreibt der Nobelpreisträger, „ist zu solch bedingungsloser Liebe fähig wie der Hund. Dafür nimmt man auch den einen oder anderen Flecken auf dem Parkett in Kauf." Ach ja? Und was, wenn man auf die ganze Liebe und Zuneigung des Hundes keinen Wert legt? Wenn es einem total schnuppe ist, ob der Hund einen mag? Ich zum Beispiel frage mich keine Sekunde, ob Artus mich anbetet oder aus tiefstem Herzen verabscheut. Hauptsache, er geht mir aus dem Weg.

****

Normalerweise geht Lilly mit Artus zum Tierarzt, aber gestern konnte sie nicht. Da es sich aber um einen dringenden und wichtigen Termin handelte, musste ich wohl oder übel diesen Job übernehmen. Ungerne, wie ich hinzufügen sollte, sehr ungern. Denn nach früheren Erzählungen Lillys flippt Artus dort regelmäßig aus, heult die ganze Nachbarschaft zusammen und jault, dass man glauben könne, sein letztes Stündlein habe geschlagen.

Wie auch immer. Ich machte mich irgendwann mit Artus und mit großer Unlust sowie dem Wunsch, wir hätten es bereits hinter uns, auf den Weg. Doch welche Überraschung, es kam alles ganz anders! Artus wedelte schon an der Pforte der Tierärztin heftig mit seinem Heck und zeigte mir sogar den Weg. In den Praxisräumen benahm er sich, als ob sie ihm gehörten und er hier der Chef wäre; die Tierärztin stellte er mir als sein Personal vor.

Ich hatte den Eindruck, Artus wollte mir den Ort zeigen, den er immer dann aufsucht, wenn er mal wieder richtig Spaß haben will. Natürlich wusste er genau, wo die Dose mit den Leckerlies steht und machte erwartungsvoll vor ihr Sitz. Ansonsten benahm er sich heldenhaft und auch die Ärztin war ein bisschen verwundert und stark beeindruckt.

Wieder daheim hat Artus wegen der vielen Leckerlies mit seinen Fürzen die Luft verpestet. Ich war froh, als Lilly wieder Zuhause war.

****

Das dritte Buch, welches Lilly mir im Rahmen ihrer Mission schenkte, mich in die Glaubensgemeinschaft der Hundefreunde zu locken, war das des Philosophen Erhard Oeser. Das Buch hat den Titel „Hund und Mensch. Die Geschichte einer Beziehung". Ich muss gestehen, dass ich über das Vorwort und die Einleitung nicht hinausgekommen bin. Irgendwann reicht es auch mir. Außerdem entpuppte sich die Schwarte des Philosophen als recht trockener und zäher Lesestoff. Bis auf den allerersten Absatz des Buches. Den fand ich ganz amüsant. Ich zitiere:

> *„Wenn man die gesamte Geschichte der Philosophie von der Antike bis zur Gegenwart im Hinblick auf die Frage nach dem Bewusstsein oder der Seele der Tiere betrachtet, so lassen sich grob gesagt zwei Klassen von Philosophen unterscheiden. Die einen behaupten, dass Tiere eine Seele haben, die anderen meinen, dass sie keine haben. Nach einem altbekannten Scherz enthält die erste Klasse alle Philosophen, die einen Hund haben, und die zweite alle, die keinen haben."*

****

Bei unseren Spaziergängen treffen wir ab und an auch eine sehr nette ältere Frau mit Fahrrad und Deutscher Dogge. Warum die Frau ein Fahrrad dabei hat, weiß ich nicht. Zuerst hatte ich vermutet, dass sie darauf fährt, weil sie sonst Schwierigkeiten hat, mit dem Tempo ihres Hundes Schritt zu halten. Doch das entpuppte sich schnell als Irrtum. Denn die Dogge schleppt sich immer nur mit müdem Schritt dahin. Wir haben die Frau auch nie anders als ihr Fahrrad schiebend gesehen. Vermutlich würden wir sie ohne ihr Fahrrad gar nicht erkennen. Und ohne den Hund ebenfalls nicht. Jedenfalls heißt sie Mira. Also die Dogge. Wie die Frau heißt, wissen wir nicht.

Für alle, die nicht wissen, wie eine Deutsche Dogge aussieht: Stellen Sie sich eine Kuh vor – okay, stellen Sie sich das Kalb einer Kuh vor – und das als Hund. Ein Riesenviech, diese Dogge, ich weiß nicht, wer ein höheres Gewicht auf die Waage bringt, Mira oder ihr Frauchen. In Arizona/USA soll es eine Deutsche Dogge mit 111 Kilogramm Lebendgewicht gegeben haben! Im Internet ist folgende Beschreibung der Deutschen Dogge zu finden: „Trotz ihres Gewichts, ihrer Größe sowie ihres kräftigen Körperbaus ist die Deutsche Dogge eher eine edle Erscheinung, die sich mit Stolz und Eleganz bewegt und präsentiert." Wenn das stimmt, ist Mira eher die Ausnahme. Man hat den Eindruck, dass sie massiv unter der Erdanziehungskraft leidet und jeder Schritt eine enorme Kraftanstrengung ist. Lilly findet Mira „total süß", was mir völlig schleierhaft ist. Genauso gut könnte man einen Dinosaurier süß finden – oder eben eine Kuh.

Also mir ist völlig unbegreiflich, warum sich jemand so einen Hund zulegt. Dann doch lieber gleich eine Kuh, die gibt wenigstens noch Milch. Und was so eine Dogge alles frisst – da bleibt ja für einen selbst kaum noch was übrig. Und was hinten rauskommt, ist sicher auch nicht von schlechten Eltern. Gar nicht auszudenken, wenn Mira mal Durchfall hat!

Lilly, Mira und Miras Besitzerin haben sich immer viel zu erzählen. Für mich immer eine gute Gelegenheit, mal eben mein Smartphone aus der Tasche zu ziehen und die Nachrichtenlage zu checken. Ich hätte Miras Frauchen ja gerne mal gefragt, warum sie sich so ein Riesen-Viech zugelegt hat, aber ich kam leider nicht zu Wort.

**** **

In Schweden hat sich ein Forscherteam gebildet, das ein Gerät entwickeln will, welches das Bellen von Hunden in menschliche Sprache übersetzen soll. Motto: "Was will der Hund uns sagen?" Super Sache, finde ich. Brauchen wir dringend. An ein anderes Thema wagen sich die Schweden offensichtlich noch nicht ran: Die Entwicklung eines Geräts zum Verstehen der weiblichen Sprache. Ist vermutlich auch deutlich anspruchsvoller.

****

So, zur Entspannung mal wieder ein kurzes Epigramm, vom Autor selbst niedergeschrieben. Es heißt „Das Vöglein und der Bauer" (ich hab's irgendwie mit den Bauern, ist vermutlich so eine vererbte Sache väterlicherseits):

Ein Vöglein sitzt auf einem Baum und denkt an
nichts Konkretes.
Ein Bauer rollt mit seinem Trecker übers Feld
und mäht es.
Da sagt das Vöglein: „Lieber Mann, dein Lärm
stört mich beim Denken.
Kannst du den blöden Trecker denn nicht anderswohin lenken?"
Der Bauer sagt: „Dein Denken ist doch nur
großer Mist,
ich mäh hier meine Wiese, bis sie fertig ist."
Da sagt das Vöglein „Dummer Depp!",
und fliegt weg.

****

Normalerweise ist Artus tagsüber bei Lilly im Büro. Außer Freitags. Da hat Lilly Meetings und deshalb bleibt der Hund Zuhause bei mir. Das ist blöd. Saublöd sogar. Denn Freitag ist eigentlich mein freier Tag. Da könnte ich also viele tolle Sachen machen wie zum Beispiel auf einen Berg steigen, mich an den See schmeißen, in der Stadt herumstreifen, mit dem Motorrad oder dem Rennrad fahren und dergleichen mehr. Geht aber nicht, weil ich ja den Hund sitten muss.

Was mit anderen Worten mal wieder deutlich macht: Der Hund ist schuld, dass ich nicht diejenigen Dinge machen kann, die ich gerne machen würde. Ein weiterer Beleg dafür, dass Artus nicht – wie etwa bei Lilly – eine Bereicherung, sondern im Gegenteil eine Verarmung meines Lebens ist. Glaubt nun jemand ernsthaft, dass ich angesichts dieser Tatsache in der Lage bin, dem Hund gegenüber irgendwelche positiven Gefühle zu entwickeln? Ich bin sicher, Sie haben für meine Lage Verständnis.

****

Nur mal angenommen, ich würde mir selbst einen Hund zulegen, also jetzt rein hypothetisch – wird nie passieren, never! -, und ich sollte mir einen Namen für dieses Tier aussuchen, dann würde ich den Hund „Polizei" nennen. Sicherlich würden wir beim Gassigehen viele erstaunte Blicke ernten, wenn ich laut rufen würde: „Polizei, halt, stehen bleiben!" oder „Polizei! Hier bei Fuß". Natürlich würde es sich um einen Schäferhund handeln, ist ja der klassische „Polizei"-Hund.

****

Vergangene Woche waren Lilly und ich am Meer. In Italien, Toskana, Viareggio. Diese Gegend. Schön. Ohne Artus. Der durfte Ferien in der Hundepension machen. 35 Euro die Nacht! Egal. Jedenfalls am Strand lauter Leute mit Hunden. Okay, die Saison hatte noch nicht begonnen. Kein Problem. Völlig daneben aber war, dass die Besitzer ihre Hunde in den Sand kacken ließen, gerade wie es gerade dringend war.

Also das hat man ja als Besitzer nicht so unter Kontrolle, wann die Hunde ihr Geschäft erledigen, das verstehe ich sogar. Wenn ein Hund muss, dann muss er halt. Da kann man ihm schlecht befehlen, die Arschbacken zusammenzukneifen und solange zu warten, bis man ein geeignetes Plätzchen gefunden hat. Man kann es natürlich versuchen, klappt aber in der Regel nicht. Nur: Die Scheiße wie hier am italienischen Strand einfach im Sand liegen lassen, hallo, das ist doch wohl das Letzte! Oder?

Findet Lilly übrigens auch, die sich sogar fürchterlich über diese schlechten Manieren aufregte (also die Manieren der Besitzer, nicht die der Hunde). „Solche Leute sind dann schuld daran, dass so viele Menschen keine Hunde mögen!" schimpfte sie. Nee, das war wirklich nicht schön. Und dann fing es auch noch an zu regnen…

****

Hund im Bett? Ganz schwieriges Thema. Also nicht für mich, nicht dass Sie mich falsch verstehen. Ich habe dazu eine sehr klare und einfache Haltung. Sie können sich denken, welche. Andere sehen das anders. Wie zum Beispiel Lillys beste Freundin. Nennen wir sie Tina. Tina teilt alles mit ihrem Hund, auch das Bett. Okay, muss jeder selbst wissen, wen er mit ins Bett nimmt.

Aber Hund im Bett? Kommen Sie, das geht doch gar nicht, oder? Zum einen aus hygienischen Gründen. Zwar widerspricht mir Lilly immer aufs heftigste, wenn ich behaupte, Hunde seien von Natur aus schmutzig, aber ich weiß es besser. Und zum anderen ist es tier-psychologisch gesehen ein großer Fehler, Bello mit ins Bett zu nehmen. Inzwischen kenn ich mich auch auf diesem Gebiet aus und kann allen Hunde-mit-ins-Bett-nehmern (und -nehmerinnen!) nur dringend davon ab-raten. Zumindest dann, wenn Sie keinen völlig ver-weichlichten Tyrannen in Haus und Bett haben wollen. Und überhaupt: Was meinen Sie, meine Damen, wie Ihr Hund sich aufführt, sollten Sie mal das Bett statt mit ihm mit einem Mann teilen wollen? Versuchen Sie das mal.

Hund ins Bett oder nicht – ein Thema, das polari-siert. Machen Sie sich doch mal den Spaß und stoßen auf Ihrer Facebook-Seite das Thema an. Veröffentli-chen Sie dort ein hübsches Foto, wie sich Ihr Hündchen in Ihrem Bett räkelt und es sich so richtig gemütlich macht und dann schreiben Sie ein paar Zeilen dazu. Etwa „Letzte Nacht ganz wunderbar mit Wauzi im Bett gekuschelt" oder so. Und dann warten Sie ab, was passiert.

****

Der Deutsche ist ja bekanntlich erst ganz bei sich, wenn er Mitglied in einem Verein ist. Fortgeschrittene Vorbild-Deutsche gründen auch selbst einen Verein. Wie zum Beispiel Markus Beyer. Der Hundetrainer aus Berlin gründete den „Bundeverband Bürohund e.V." (www.bv-buerohund.de). Dabei handelt es sich nach eigener Aussage um eine „Interessengemeinschaft, die dem dramatischen Anstieg von psychischen Erkrankungen und Burnout im Arbeitsleben, mithilfe der Eingliederung von Hunden im Büro entgegenwirken will". Klingt gut.

Lobbyarbeit ist natürlich eine der wichtigsten Aufgaben des jungen Vereins. Die Berliner Hundefreunde legen sich auch mächtig ins Zeug, um den Unternehmen die Vorteile einer eigenen Hundehaltung schmackhaft zu machen. So versprechen sie unter anderem, dass Bürohunde (die übrigens auf Gehaltszahlungen komplett verzichten) die Kosten des Unternehmens senken und den Gewinn steigern. Das hört sich schon mal vielversprechend an. Gelingen soll dies vor allem durch gesündere (weniger Krankheitskosten) und motiviertere (höhere Produktivität) Mitarbeiter. Mehr Bewegung ist das Zauberwort. Natürlich gibt es noch immer Vorgesetzte, die der Meinung sind, die Mitarbeiter sollen sich nicht bewegen, sondern arbeiten, aber das ist zu kurz gedacht. Gut, andererseits, wenn es nur um die Bewegung der Angestellten geht, würde auch ein Rudergerät im Sozialraum reichen.

Leider gibt der Bundesverband Bürohund keine Empfehlung, welche Rassen sich besonders als tierische Kollege eignen. Deshalb hier ein paar Tipps von mir. Ich kann mir vorstellen, dass für den Chef ein Rottweiler in Frage kommt. Dem ein gemütliches Plätzchen vor der Tür eingerichtet, und schon hat der Chef Ruhe vor aufdringlichen und nervtötenden Mitarbeitern.

In der Vertriebsabteilung würde sich die Ansiedlung einiger aufgeweckter Spür- und Jagdhunde wie zum Beispiel Dackel oder Alpenländische Dachsbracke anbieten, um Kunden aufzutreiben und so lange anzubellen, bis sie sich ergeben. Zur Unterstützung am Empfang kann ich mir einen stets gut gelaunten Labrador vorstellen, der freudig alle Gäste begrüßt. Für den Wacheinsatz kommt natürlich nur ein Spitz in Frage, denn der Spitz passt auf. Und als Verstärkung für die Personalabteilung drängt sich ein Hütehund wie der heute sehr beliebte Australien Shepherd auf.

Doch auch außerhalb des Bürogebäudes sollte man verstärkt über den sinnvollen Einsatz von Hunden nachdenken. Denken Sie zum Beispiel an die Postzusteller (auch als Briefträger bekannt). Ein Bernhardiner zum Beispiel oder ein Berner Sennenhund würden sich sicher freuen, wenn sie beim Tragen der schweren Taschen mit den vielen Briefen behilflich sein könnten.

Ich unterstütze natürlich den Vorstoß des Berliner Hundeverbandes, völlig klar. Eine tolle Sache! Gerne würde ich an dieser Stelle noch mehr zu diesem Thema schreiben, aber dazu fehlt momentan die Zeit. Ich muss jetzt erst mal Gassi gehen. "Auf geht´s, Artus, schwing die Hufe, äh, Pfoten!"

****

Andere Paare streiten ums Geld oder wegen der richtigen Erziehung ihrer Kinder. Wenn Lilly und ich streiten, dann fast immer wegen des Hundes. Wie neulich. Es war ein Sonntag, Lilly hatte bei wunderschönem Wetter mit Artus zwei Stunden draußen verbracht, während ich wegen einer wichtigen Terminsache am Schreibtisch saß und arbeitete. Als die beiden wieder zurück waren, hatte ich meinen Job erledigt und wollte nun meinerseits mit dem ,Rennrad raus, um ebenfalls etwas von dem schönen Wetter zu haben. Zum meiner Verblüffung war Lilly von dieser Idee überhaupt nicht angetan, sondern stattdessen sogar ein bisschen beleidigt.

„Na toll, du gehst jetzt schön Rad fahren, und wann kann ich mal was für mich machen?", fragte sie mich vorwurfsvoll. Darauf ich: „Wieso? Du hast doch jetzt zwei Stunden dein Hobby betrieben! Jetzt möchte ich auch mal meinem Hobby nachgehen." Darauf wieder sie: „Ein Hobby? Der Hund ist doch kein Hobby!" Jetzt wieder ich: „Natürlich ist der Hund ein Hobby. Er ist nicht mein Hobby, aber deins. Ein Hund ist genauso ein Hobby wie ein Pferd oder Tauben. Es sei denn, man ist bei der Polizei oder beim Zoll. Dann ist der Hund eine Betriebsausgabe und man kann die Kosten von der Steuer absetzen."

Lilly war total empört und absolut nicht einsichtig. „Wie kann man nur so herzlos sein kann?", warf sie mir vor und bestand darauf, dass ein Hund kein Hobby, sondern ein Teil der Familie sei. Gut, wenn das so ist, ist mein Rennrad auch ein Teil der Familie.

****

Wenn mein These stimmt, dass Menschen, die sich einen Hund anschaffen, damit irgendein psychisches, physisches oder soziales Defizit kompensieren müssen oder wollen, dann muss ich mich natürlich auch der Frage stellen, welches Defizit Lilly mit der Anschaffung und dem Betrieb von Artus kompensieren muss. Schwierige Frage. Mein Problem ist nämlich: Lilly ist perfekt. Ihr einziges Defizit oder Manko ist der Hund.

****

Neulich stand wieder ein Bericht in der Zeitung, dass ein Hund einen Mann ins Gesicht gebissen und schwer verletzt hat. Lilly meinte, der Mann tue ihr zwar leid, er sei aber selbst schuld. Denn wie dem Zeitungsartikel zu entnehmen war, hat der Mann trotz eines Warnschildes am Tor das fremde Grundstück betreten. Der Wachhund habe lediglich seinen Job gemacht, sagte Lilly. Sagte Lilly allen Ernstes, sollte ich wohl ergänzen. Denn da hört mein Verständnis ja wirklich auf.

Hunde, die Menschen anfallen und zerstückeln, ja sogar töten, haben überhaupt keine Existenzberechtigung. Zumindest nicht in meiner Welt. Oder nur in einem Käfig, aus dem sie nicht herauskommen. Beim Menschen nennt man das Knast. So ein Hund ist ja eine Waffe. Ebenso könnte man eine Selbstschussanlage auf seinem Grundstück installieren oder ein paar Tretminen auslegen. Wenn dann jemand ohne Erlaubnis das Grundstück betritt und dran glauben muss – Pech! Hätte er doch das Schild mit dem Warnhinweis „Achtung, Tretminen, draußen bleiben!" am Tor gelesen. Kann ja wohl nicht sein, oder?

Lilly war von meiner Argumentation nicht überzeugt, wollte das Thema aber nicht weiter vertiefen. Ich werte diesen Rückzug als klaren Punktsieg für mich.

****

Es gibt Unmengen von Hundewitzen. Das Internet ist voll davon. Fast alle sind grottenschlecht.* Ich hab nur zwei Witze gefunden, die ich einigermaßen komisch finde. Der erste geht so: „Ein *Dalmatiner geht Einkaufen und kommt zur Kasse Fragt die Verkäuferin: `Sammeln sie Punkte?´"* Und der zweite: *„Gehen zwei Hunde in der Wüste spazieren. Meint der eine zum anderen: `Wenn nicht bald ein Baum kommt, passiert ein Unglück!´"* Das war´s dann auch schon.

* Gut, 99 Prozent aller im Umlauf befindlichen Witze sind schlecht. Ich meine Witze im Großen und Ganzen, also nicht nur Hundewitze. Aber alles in allem nur zwei gute Hundewitze? Das war ja jetzt doch ein bisschen kümmerlich, fand ich. Und so kam ich auf die Idee, die „Crowd", wie man ja heute sagt, zu nutzen und zu befragen. Kurzum: Ich startete in verschiedenen Facebook-Gruppen sowie in meinem eigenen Facebook-Freundeskreis einen Aufruf, mir gute – ich betone: gute! – Hundewitze zu schicken. Das Ergebnis lesen Sie im Anhang.

****

Artus geht es immer schlechter. Die Operation vor einigen Monaten hat nur vorübergehend eine Besserung gebracht. Die Ärzte in der Klinik sind pessimistisch. Eigentlich müsste Artus erneut unters Messer, das Risiko, dass er diese OP wegen seines schlechten Allgemeinzustandes nicht überlebt, sei aber hoch. Vor ein paar Wochen kam auch noch eine Entzündung der Speiseröhre hinzu, die inzwischen chronisch ist. Die Ursache dafür ist, dass Artus sich aufgrund seiner Allergie gegen alles und jedes permanent übergeben muss. Und was nicht vorne wieder aus dem Hund herauskommt, kommt hinten raus. Denn Durchfall hat er auch noch.

Inzwischen ist nicht nur Artus in einem miserablen Zustand, sondern auch Lilly. Sie schläft kaum noch. Permanent muss der Hund nach draußen, um sich zu übergeben oder den Darm zu entleeren. Lilly sieht bereits ganz elend aus und ist die ganze Zeit am Heulen. Ich schlug vor, den Hund von seinen Leiden zu erlösen. „Aber ich kann Artus doch nicht umbringen!", schluchzte Lilly, „vielleicht wird er ja doch noch wieder gesund." Lilly glaubt an ein Wunder. Rationale Erwägungen kommen bei ihr nicht mehr an. Auch die Tierärztin rät zur finalen Spritze. Lilly heult weiter.

****

Schluss

Artus ist tot. Am Montag, ich war für zwei Stunden nicht zu Hause, ist Lilly mit Artus zur Tierärztin gefahren, die ihm die erlösende Spritze gegeben hat. Es muss furchtbar gewesen sein. Lilly hat mehrere Tage und Nächte durchgeheult und sich selbst zerfleischt. „Ich habe ihn umgebracht, ich habe meinen Artus umgebracht!", schluchzte sie immer wieder und lehnte es kategorisch ab, sich eines Besseren belehren und trösten zu lassen.

Eine Woche später waren wir bei seiner Einäscherung. Dort haben wir ihn noch einmal gesehen. Er lag aufgebahrt auf einem Kissen, aus den Lautsprechern drang ernste Musik. Da musste selbst ich schlucken und hatte durchaus mit den Tränen zu kämpfen. Das hat aber nichts zu bedeuten, nicht dass Sie da falsche Schlüsse ziehen. So geht es mir bei jeder Beerdigung, auch bei wildfremden Menschen. Ich bin halt ein sehr emotionaler Mensch.

****

Am Ende muss ich feststellen, dass es nun doch einen wesentlichen Unterschied zwischen einem Hund und einer Fliege gibt (vgl. Seite 19): Ich habe noch nie gesehen und gehört, dass jemand um eine verstorbene Fliege getrauert hat.

****

Anhang: Die (relativ) besten Hundewitze

Bei meinen eigenen Recherchen hatte ich exakt zwei Hundewitze gefunden, über die ich schmunzeln konnte (s.o.). Das kann doch nicht alles sein, dachte ich, und startete über Facebook einen Aufruf, mir gute Hundewitze zu mailen (Fachleute sprechen in diesem Zusammenhang von „Croud Sourcing"). Aus den Facebook-Gruppen, die alle irgendwas mit „Hund" im Namen hatten , kam gar nichts. Null. Fand ich interessant. Eine Erklärung für diese Zurückhaltung kann sein, dass die Mitglieder dieser Gruppen ausschließlich schlechte Witze kennen.

Immerhin: Aus meinem Freundeskreis kamen ein paar Witze, aber ein Buch könnte man damit auch nicht füllen. Wohlwollend also könnte man sagen: Hier ging Qualität vor Quantität. Wie auch immer: Da hier noch ein bisschen Platz ist, schreibe ich eingeschickten Hundewitze kommentarlos und wertfrei auf.

Was ist der kürzeste Hundewitz? „Geht ein Hund an einer Metzgerei vorbei..."

Ein Blinder geht mit seinem Hund ins Kaufhaus. Plötzlich nimmt er die Leine fest in die Hand und wirbelt seinen Hund in rotierenden Propellerbewegungen über den Kopf. Eine erschreckte Verkäuferin eilt herbei und schreit: „Was machen Sie denn mit dem Hund?"

Darauf der Blinde: „Man wird sich doch wohl mal umsehen dürfen!"

An der Tür des Konzertsaales hing ein Schild: „Hunde müssen draußen bleiben." Nach dem Konzert fand sich eine handschriftliche Ergänzung: „Zum Glück - Der Tierschutzverein."

Unterhalten sich zwei Fans der Eintracht. „Mein Hund kann Kunststücke: Jedes Mal, wenn die Eintracht ein Tor kassiert, macht er einen Salto." Sein Bekannter: „Ist ja unglaublich! Vorwärts oder rückwärts?" Darauf wieder der erste: „Je nachdem, wo ich ihn treffe."

Du findest einen Hund auf der Straße, der von einem Auto überfahren wurde. Am nächsten Tag findest du einen Anwalt, der ebenfalls überfahren wurde. Welchen Unterschied kannst du feststellen? Vor dem Hund waren Bremsspuren.

"Dein Hund macht aber komische Geräusche." „Ist ja auch ein Australian Scheppert."

Die schöne Nachbarin klingelt bei Udo: „Du, ich möchte mich heute betrinken und richtig geilen Sex haben. Hast du Zeit?" Der Nachbar erfreut: „Ja, klar." Jetzt wieder sie: „Super! Dann kannst du ja auf meinen Hund aufpassen."

Treffen sich zwei Hunde. „Du", sagt der eine, „heute werden im Park neueBäume gepflanzt". „Oh toll," sagt der andere, „das muss begossen werden!"

*Treffen sich zwei Hunde im Garten. Sagt der eine:
„Ich heiße Bodo von Bellheim. Hast du auch so einen
adeligen Namen?" „Ja, ich heiße Runter vom Sofa!"*

*Was macht man mit einem Hund ohne Beine? Um
die Häuser ziehen!*

*„Süßer Hund, ist der von Ihnen?" „Nein, den haben
wir gekauft. Mein Mann und ich können keine eigenen
Hunde bekommen."*

****

Über den Autor

Bernhard Diener ist ein Pseudonym. Der Autor wuchs im westlichen Münsterland auf und hat später in den 1980er Jahren Philosophie, Germanistik, Allgemeine Sprachwissenschaften und Sport studiert. Anschließend geriet er auf die schiefe Bahn. Kurz: Er wurde Journalist. Tiere hatte er am liebsten in gebratener Form auf seinem Teller. Heute lebt er mit seiner Familie und dem Hund seiner Frau in Süddeutschland.